Johanna Nilsson

HASS GEFÄLLT MIR

Johanna Nilsson

HASS GEFÄLLT MIR

BELTZ
& Gelberg

Dieses Buch ist auch als E-Book erhältlich
(ISBN 978-3-407-74712-9)

FSC
www.fsc.org
MIX
Papier aus verantwortungsvollen Quellen
FSC® C089473

www.beltz.de

in der Verlagsgruppe Beltz • Weinheim Basel
Werderstraße 10, 69469 Weinheim

Die Originalausgabe erschien 2012 unter dem Titel *Gilla »Hata horan!«*
bei Pocketförlaget, Stockholm

Aus dem Schwedischen von Maike Dörries
Lektorat: Christian Walther
Neue Rechtschreibung
Einbandgestaltung: Cornelia Niere, München, unter Verwendung
eines Motivs von Gettyimages/Anja Hild
Herstellung und Satz: Sarah Veith
Druck und Bindung: Beltz Bad Langensalza GmbH, Bad Langensalza
Printed in Germany
ISBN 978-3-407-82099-0
1 2 3 4 5 20 19 18 17 16

JONNA

Ich hocke auf dem Kasten und warte, dass Gloria zu *Lektion 1: Die Kunst, Sinnlosigkeiten zu überspringen* aufkreuzt. Ich hab schwer überlegt, aber keinen anderen Sinn in der jährlichen Kastensprungfolter finden können als den, dass die Sportlehrerin ein Ventil für ihren inneren Sadisten braucht.

Die Turnhalle ist leer, der Schultag zu Ende, es ist Viertel nach vier. Durch die großen Fenster unter der Decke strömt Dunkelheit herein. Ich schüttele mich. Würde mich am liebsten an Mamas Hand festhalten. Aber dafür bin ich inzwischen zu alt, fast sechzehn. Außerdem ist sie belegt. Mamas Hand, meine ich. Die gehört jetzt Abbe, ihrem neuen Freund. Ziemlich neu zumindest. Er ist ganz okay, sie ist die Ausgeflippte. Ihr neuester Spleen ist, dass sie abnehmen will (damit er sie schön findet, sonst verlässt er sie womöglich). Sie probiert die abstrusesten Diäten aus, die ich ihrer Meinung nach mitmachen soll, von wegen der Disziplin, die viel leichter fällt, wenn man zu zweit ist.

Ich muss nicht abnehmen. Ich bin spindeldürr. Beim letzten Wiegen bei der Schulschwester hab ich nicht mal fünfzig

Kilo auf die Waage gebracht. Das Kinn der Schulschwester verwandelte sich in einen Schrumpelapfel und die angepinselten Brauen kräuselten sich, als sie die Zahl sah. Wie schon in der siebten und achten Klasse kramte sie die BMI-Tabelle hervor, tippte mit ihren roten Krallen darauf und teilte mir mit, dass ich untergewichtig wäre. Doch wohl nicht absichtlich? Nein, Quatsch. Promise. Sie sah nicht sehr überzeugt aus, ließ es aber auf sich beruhen. Erkundigte sich stattdessen, ob ich ansonsten jemanden in der Klasse wüsste, der *absichtlich* untergewichtig ist? Klar, die gab's, aber ich hatte nicht vor, zu petzen, sollte sie das doch selber rausfinden.

»Jonna!«

Gloria schlendert über den grünen PVC-Boden auf mich zu, ihre schweinchenrosa Adidastasche hinter sich herziehend.

Sie ist so schön, dass es in den Augen brennt. Das behaupte ich nicht einfach, das ist Fakt, genauso wie die Erde rund ist.

Das blonde, widerspenstige Haar rahmt ihr Gesicht mit dem Schmollmund ein wie eine Wolke, süße Stupsnase, rosige, im Sommer sommersprossenverzierte Wangen und dann die Augen, grün und blau und verflucht noch mal magisch.

Ihre Arme und Beine haben so was Babyspeckknubbeliges, aber ihr Busen ist üppig, und sie kleidet sich übertrieben erwachsen, was mich zwischendurch ziemlich verwirrt und sicher nicht nur mich.

»Wir haben eine halbe Stunde, also lass uns loslegen«, sage ich und rutsche von dem Kasten, gespielt genervt über ihre Verspätung.

Sie lacht nur und begrüßt mich mit Wangenkuss – der neueste Tick von ihr, seit in ihre Theatergruppe ein Franzose dazugekommen ist, der hemmungslos Wangenküsse verteilt – und ich schmelze dahin wie gewohnt und mir wird wohlig warm bis in die Haarspitzen.

»Wollen wir nicht lieber einfach gemütlich chillen?«, schlägt sie vor und klimpert mit ihren langen, gebogenen Wimpern.

»Du hast mich doch um Hilfe gebeten!«, sage ich.

»Okay. Aber vorher musst du mich fotografieren, ich muss unbedingt ein Bild von meinem neuesten Fund aus dem Secondhand in meinen Blog stellen.«

Sie wühlt in ihrer schokoladenbraunen Fake-Mulberry-Tasche und zaubert einen sicher zwei Meter langen, gestrickten Schal in allen Farben des Regenbogens hervor, wickelt ihn mehrmals um den Hals und fängt an zu posen. Ihr Blog heißt www.gloriouskisses.se und dreht sich um Klamotten und Schminke und ihre Schauspielerträume. Sie stellt kurze Videos von sich selbst ein, in denen sie alles von Rihanna bis zur Twilight-Vampirin mimt. Rihanna kann sie am besten, aber die Blutsaugerin ist auch ganz okay.

Ich nehme ihr iPhone und tue meine Pflicht. Vier Blitze, das reicht.

»Wir müssen jetzt wirklich anfangen«, drängele ich und ziehe sie hinter mir her zur Startposition. »Erstens: schnell laufen. Zweitens: mit den Füßen so weit wie möglich vorne auf dem Absprungbrett landen. Drittens: die Hände so weit wie möglich vorne auf dem Kasten platzieren. Viertens:

nicht runter auf den Kasten gucken, sondern auf einen Punkt vor dir, dann fliegst du wie eine Eins, versprochen.«

Ich verstumme, weil ich mich dabei ertappe, wie ich den Zeigefinger hebe. Genau wie unsere Lehrerin Ingrid Bräck, die wir in Schwedisch, Englisch und Erniedrigungskunde haben. Letzteres ist ihr Steckenpferd: Sie hasst uns, sich selbst, ihr Leben. Es geht das Gerücht, dass ihr Mann sie schlägt und sie deshalb so ätzend zu uns ist, weil sie sich nicht traut, ihm Kontra zu geben. Aber mit uns kann sie es ja machen.

Am Luciamorgen ist sie eine der Lehrer, die geweckt werden, ist der Plan. Genau wie letztes Jahr. Da hat sie auf dem Sofa gehockt und ausgesehen, als würde sie sich jeden Moment in die Hose machen. Sie tat mir fast leid.

»Kannst du es mir nicht erst mal vormachen?«, fragt Gloria.

Ich zeige es ihr dreimal, bis sie nickt und sagt, dass sie es verstanden hat.

Sie zieht das Sweatshirt über den Kopf und lässt es auf den Boden fallen. Darunter trägt sie ein weihnachtsmannrotes Spitzenshirt, das ordentlich Dekolleté und ihren Nabel mit dem blau glitzernden Piercingstein zeigt, den sie zum sechzehnten Geburtstag von ihren Eltern bekommen hat. Der Bund der tiefsitzenden Jeans drückt in den Bauchspeck. Sie trägt weiße Socken mit Mickey-Maus-Motiv.

Sie wärmt sich auf, indem sie mit ihren knubbeligen Armen herumwedelt. Ihre Armbänder klimpern.

Dann rennt sie los.

Langsam.

Ihre Füße landen so weit hinten wie nur möglich auf dem Absprungbrett, ihre Hände schaffen es knapp bis an den Kasten. Und dabei guckt sie die ganze Zeit nach unten, auf ihre Füße, ihre Hände. Und natürlich bleibt sie hängen und landet, *Klatsch,* auf dem Bauch und strampelt mit Armen und Beinen wie ein Kindergartenkind.

Ich lache. Sie auch. Und dann das Ganze noch mal.

Als Krähes Hallenhockeymannschaft hereinströmt, strömen wir hinaus.

Oder schleichen, eher gesagt.

Sie auf himmelhohen Keilabsatzstiefeln, ich in meinen braunen Latschen ohne Absatz.

Sie in schwarzer, kurzer Bomberjacke ohne Mütze oder Handschuhe. Ich in einer ebenfalls schwarzen, Parka-ähnlichen Thermojacke, die bis kurz über die Knie reicht. Keine Mütze, obwohl mir fast die Ohren abfallen. Fäustlinge! (Was hab ich mir dabei eigentlich gedacht? Wahrscheinlich gar nichts. Ich reiße sie mir von den Händen und stopfe sie in die Jackentaschen.)

Sie mit ihrem strahlend blonden Haar und ich mit meinem dünnen, dunklen Pferdeschwanz und viel zu kurzen und schief geschnittenen Ponyfransen. (Ich spiele manchmal Friseur. Mama auch. Gloria geht zum Friseur. Ich war erst einmal in meinem Leben bei einem richtigen Friseur.)

Sie mit ihren magischen, ich mit meinen schmuddelig graublauen Augen.

Sie mit ihren Kurven, ich mit meinen Ecken und Kanten.

Scham macht sich in mir breit. Mir wird schlecht, ich

krümme mich innerlich zusammen, ziehe den Hals ein. Senke den Blick, starre auf den Boden, auf meine hässlichen Latschen. Ich bin so verflucht hässlich. Hässlich, hässlich, hässlich. Mein Herzschlag setzt aus, mein Hals schnürt sich zusammen wie kurz vorm Losheulen.

Ich weiß genau, was Glorias Kommentar wäre, wenn ich das laut sagen würde: *Quatsch, du bist genau richtig, wie du bist! Es können nicht alle gleich sein*. Das ändert nichts daran, dass ich trotzdem gerne wie sie wäre, jedenfalls für kurze Zeit.

Einen Tag lang. Gebt mir einen Gloria-Tag. Mit ihren Klamotten an meinem Körper. Ihren Schuhen an meinen Füßen. Mit ihrem Haar, das ich morgens wasche, bürste und frisiere, ihren Augen, Wangen, Nägeln und Lippen, die ich schminken darf. Mit ihrem Lachen und ihrer Kastenphobie und besten Noten in Musik und leicht bekloppten Eltern (immerhin hat sie zwei). Mit ihren liebenswerten, nervtötenden, flachsblonden Zwillingsschwestern. Mit ihrem Theaterfimmel und Haus und Garten und Zimmer mit den selbst ausgesuchten Tapeten. Mit ihrem Blog, der eigentlich ausschließlich von mir besucht wird, aber was soll's.

»Mein Bus!«, schreit Gloria. »Ich muss rennen, bis morgen!«

Mit einem Mal läuft sie viel schneller als beim Kastentraining, ihr Haar hüpft auf und ab, sie fuchtelt mit den Armen, die Tasche schlägt gegen ihren Oberschenkel, und mir ist schleierhaft, wie sie es mit diesen Schuhen hinkriegt, nicht über ihre eigenen Füße zu stolpern.

Sie schafft es punktgenau zum und in den Bus, als die Türen zischend hinter ihr zugleiten. Sie winkt hektisch durch ein Fenster, schickt mir Luftküsse, winkt noch einmal und ist weg.

Immerhin hat sie es fast einmal über den Kasten geschafft. Aber auch nur fast.

Wir haben uns vor gut vier Monaten in der Schulbücherei kennengelernt. Sie war neu in der Klasse, war aus Knivsta hierhergezogen, und da alle Cliquen schon die volle Mitgliederzahl hatten, blieb sie übrig.

So wie ich übrig geblieben war.

Wie all die anderen Schattenwesen, die sich an die Wände drücken und hoffen, dass niemand sie bemerkt und zum Hackobjekt des Schuljahres macht. Das ist kein Vergnügen. Da muss man jederzeit mit Zusammenstößen beim Hallenhockey rechnen oder Kloschüsseltaufe bei gedrücktem Spülknopf. Oder man muss dafür blechen, dass man nicht verkloppt wird, und kann nie sicher sein, dass das Rad nicht einen Platten hat. Im Bus kriegt man nie einen Sitzplatz, selbst wenn die Hälfte frei ist, und in der Kantine sitzt man garantiert allein (es sei denn, man will sich zu den Sonderschülern gesellen). Und bei der Schuldisko zu tanzen kann man vergessen.

Nichts Außergewöhnliches also.

Wir sahen uns durch die Lücken in einem Buchregal an und sie lächelte mir zu. Das war so ungewöhnlich, dass ich zurücklächelte. Worauf sie verschwand, um überraschend in dem Augenblick hinter mir aufzutauchen, als ich meine Hand nach *Kallocain, Boye K.* ausstreckte, und sie nach genau dem gleichen Buch griff. Wir sahen uns verdutzt an und fingen an zu kichern.

»Brauchst du das für eine Schwedisch-Hausaufgabe?«, fragte sie.

»Nein«, sagte ich. »Und du?«

Sie schüttelte den Kopf. Sagte, dass sie es einfach so lesen wollte. Aber ich könne es ruhig nehmen, sie hätte grad drei andere Bücher in der Mache, es war also nicht akut. Ich selber las gerade vier andere Bücher gleichzeitig wie meistens. Aber das sagte ich ihr nicht. Ich nahm das Buch, lieh es aus und schlenderte mit ihr zur Schul-Cafeteria, trank Kakao und diskutierte mit ihr über Karin Boyes Gedichte und Romane. So wurden wir Freunde.

Anfangs haben die anderen sich auf den Schulfluren noch nach uns umgedreht, wahrscheinlich gaben wir ein ziemlich schräges Paar ab, aber inzwischen haben die meisten sich daran gewöhnt. Da kommen Glorienschein und Pferdeschwanz, denken sie wahrscheinlich bei unserem Anblick. Buch-Nerds, wenn auch nicht von der total derben Sorte. Immerhin ist Gloria hübsch und ich sportlich.

Bis jetzt kommen wir ganz gut durch.

Das Nygårds-Viertel ist nur wenige hundert Meter von der Schule entfernt und eine der runtergekommensten Gegenden der Stadt. Alles ist irgendwie schmuddelig gelb, abgewrackt und laut. Aber so wunderbar multikulti, wie die Lokalpolitiker sagen, wenn sie sich alle vier Jahre im Wahlkampf mal wieder dort blicken lassen. Da versprechen sie dann jedes Mal Instandsetzungs- und diffuse andere Maßnahmen, aus denen nie was wird.

Ich wohne in einem kleinen Kettenhaus, zur Miete natürlich, zwei Etagen, drei Zimmer, zusammen mit einer Mutter mit wechselnden Freunden, einem fleischfressenden Kaktus und einem Kater, der eigentlich nicht uns gehört, aber irgendwann aufgetaucht und geblieben ist. Er heißt Tiger und ist mein bester Freund, wenn Gloria nicht verfügbar ist.

Ich wohne hier, solange ich denken kann, und das war auch völlig in Ordnung, bis ich erstmals zum Geburtstag meiner Kindergartenfreunde eingeladen war und sah, wie die wohnten. Bei einigen sah es ähnlich aus wie bei uns, aber bei den meisten nicht.

Ich vermute, dass ich damals angefangen habe, den Kopf ein- und die Schultern hochzuziehen und Unsichtbarkeitsformeln vor mich hin zu murmeln.

Als ich in unsere Wohnstraße einbiege, sehe ich die Hängermafia wie üblich drüben auf dem Spielplatz rumlungern, Energy-Drinks nuckeln und nervig laut rumkrähen.

Bis sie mich bemerken. Da fängt das Getuschel an.

Das geht mir so was von am Arsch vorbei.

Ich laufe schneller. Erreiche unser Haus. Gehe rein.

Mama liegt auf dem Fußboden im Wohnzimmer und trainiert nach ihrem neuen Pilates-Video. Sie ist groß und schlank und hat exakt die gleiche Haar- und Augenfarbe wie ich. Dabei sieht sie ganz süß aus. Vielleicht, weil ihr Gesicht ein bisschen runder ist als meins und zwei charmante Grübchen hat. Zu Hause schlurft sie meistens in hellrosa Leggins, weißem Trägerhemd, grauen Wollsocken und einem Wassereis-lemongrünen Haargummi rum, mit dem sie ihre lange Mähne zusammenfasst.

Tiger sitzt auf einer Fensterbank und beobachtet sie mit seinen scharfen Pfefferkornaugen, gähnt und leckt sich die Tatzen.

Abbe sitzt in der Küche und kippelt auf seinem Stuhl, isst Thunfisch direkt aus der Dose, trinkt Milch direkt aus dem Tetrapack, rülpst, ist kräftig, aber durchtrainiert, schwarzhaarig und mit einem blauen und einem braunen Auge, immer tadellos angezogen, fast übertrieben (gebügelte Hemden, gebügelte, schwarze Anzughosen) und nennt ein Paar Cowboystiefel aus echtem schwarzen Pythonleder sein Eigen, die ich mir mal heimlich für die Schule ausgeliehen hatte, als wir in einer Leonard-Stunde über das Recht des Menschen geredet haben, Tiere auszunutzen.

»Hallo!«, sagt er und lächelt mich so breit an, dass man glauben könnte, er mag mich.

»Hallo«, nuschele ich und fülle eine Schale mit Joghurt, die ich mit in mein Zimmer nehme.

Ich schließe ab, ziehe gemütliche Klamotten an und mache es mir auf meinem Bett bequem. Esse meinen Joghurt und vermisse Gloria. Übe ein bisschen Mathe für den Landestest morgen und höre irgendwann Mama und Abbe im Zimmer über mir vögeln. Vermisse Papa.

Obwohl ich gar nicht weiß, wer mein Papa ist.

Mama behauptet, sie wüsste es auch nicht, aber ich glaube, sie lügt.

Es ist Nacht, ich sollte das nicht tun, besonders nicht in diesem Viertel, in dem es allein im letzten Monat einen Einbruch, einen Fall von Misshandlung, mehrere Fahrraddiebstähle und einen Vergewaltigungsversuch gegeben hat, obwohl die, die das angezeigt hat, selber nicht ganz sicher ist, ob sie wirklich belästigt wurde oder nicht, weil es sich bei dem Angeklagten um ihren eigenen Mann handelt und sie geschlafen hat …

Aber ich hab auch keine Lust, mich schwitzend im Bett rumzuwälzen, mir einen Kopf wegen der Matheprüfung morgen zu machen und mir durch die Wand mit der Blümchentapete, die ich überstreichen will, die Fernsehsendung unseres stocktauben Nachbarn anzuhören.

Ich ziehe die Klamotten für meine nächtlichen Ausflüge an, die in einer Plastiktüte im Schrank bereitliegen, öffne das Fenster, werfe das Seil raus, setze mich auf die Grenze zwischen der Außenwelt und meinem Zimmer und hüpfe in den Schnee hinter dem ziemlich hohen Gebüsch. Es ist nur anderthalb Meter nach unten, das Seil ist also eigentlich überflüssig, aber ich will auf Nummer sicher gehen.

Warum ich nicht einfach zur Tür rausgehe?

Weil das langweilig wäre. Und außerdem laufe ich da womöglich Mama oder Abbe in die Arme und müsste mir eine gute Ausrede einfallen lassen.

Ich stehe eine Weile an die Hauswand gelehnt da und fülle meine Lungen mit Freiheit.

Dann begebe ich mich auf meine Tour durch das fast schlafende Viertel. Fühle mich ein bisschen wie ein Wächter über andere. Wie Gott.

Ich bin nicht religiös, aber ich glaube an eine Art Gott. Leonard, unser Religionslehrer (er nennt sich Philosoph und redet in seinen Stunden genauso viel über Platon wie über Jesus) meint, das wäre okay. Dass man spezielle Religionen und die Kirche ablehnt, aber trotzdem an etwas Größeres als uns selbst glaubt, etwas, das mit der Ewigkeit verbunden ist. Er ist super, weil er es immer wieder schafft, dass ich mich in Ordnung fühle, so wie ich bin. Nach seinem Unterricht komme ich mir immer mutiger und schöner vor und könnte wahrscheinlich fliegen, wenn ich es probieren würde. Wäre er nicht Mitte fünfzig und schwul, wäre ich wahrscheinlich in ihn verknallt.

Gloria ist in Robin verknallt. Wie fast alle Mädchen aus der Klasse, außer mir. Robin geht in die 9B, wir in die C. Er ist Stürmer in Brages P15-Mannschaft, und es stand schon mehrfach was über ihn in der Zeitung, weil er so gut ist. Er macht freiwillig Sport und ist in jeder Disziplin ein Ass. Er singt in der Schul-Rockband und sieht so kriminell gut aus, dass alle anderen Jungs an der Schule Depressionen oder gar Selbstmordgedanken haben (er könnte wegen indirekten Mordes verurteilt werden).

In allen anderen Fächern außer Sport und Musik ist er ziemlich schlecht, aber er ist ein echter Blender und die meisten Lehrer fallen voll auf ihn rein.

Leonard durchschaut ihn natürlich, aber der hat auch mehr Gehirn als alle übrigen Lehrer zusammen.

Aber einen Schönheitsfehler gibt es, den Robin nicht eben mal so unter den Teppich kehren kann. Damit wären wir wieder beim Thema Gott. Seine Eltern sind nämlich so übertrieben religiös, dass es schon peinlich ist. Sie reden in Zungen und glauben, dass Gott die Welt in sechs Tagen erschaffen hat. Kartenspiele und Tanz sind absolute Sünde. Sie glauben, Robin wäre im Gospelchor der Schule, von der Rockband haben sie keine Ahnung. Sie glauben an die jungfräuliche Geburt und an Engel. Und wer es wagt, »Verflixt!« oder »Kacke!« zu sagen, kriegt den Hintern versohlt. Zumindest wenn man den Gerüchten glauben kann, die mich über Gloria erreicht haben, die sie ihrerseits von jemandem hat, der es von noch jemand anderem gehört hat, der es wiederum von einem Verwandten weiß, der über Insider-Information verfügt, weil er in der Druckerei arbeitet, die das sonntägliche Gottesdienst-Faltblatt für die Pfingstkirche druckt.

Ich bin am Spielplatz angekommen. Die Schaukeln sind schneebedeckt, das Klettergerüst glitzert frostig.

Das Spielhaus müsste dringend renoviert werden.

Kleine Fußabdrücke bedecken den Boden.

Eine vergessene Schippe. Ein Schnuller.

Ich hebe ihn auf, frage mich, wem der wohl gehört.

Ich finde Babys total süß. Schade, dass Mama keins mehr will.

Sie meint, es wäre die Hölle gewesen, mich herauszupressen.

Und dass sie keine Lust hat, noch mal vom Vater des Kindes sitzen gelassen zu werden.

Sie meint, sie hätte keine Zeit für so was, keinen Nerv und kein Geld.

Interessant – aber einen die meiste Zeit arbeitslosen, bald vierzigjährigen Freund, der den ganzen Tag Fernsehen glotzt, Bier trinkt und sich am Sack kratzt, füttert sie durch.

Jetzt bin ich ungerecht. Abbe hat auch seine guten Seiten. Wenn er mich Vokabeln abfragt oder mein Fahrrad repariert. Wenn er mir ganz leicht über den Kopf streicht. Oder wenn er Mama in den Arm nimmt und sich mit ihr im Kreis dreht. Und wenn er von seiner verrückten Familie erzählt (die eine Hälfte sitzt in der Psychiatrie, die andere im Knast) und Mama und ich uns vor Lachen kringeln.

Da ist er schwer in Ordnung. Der beste Freund, den Mama bislang hatte.

Keine Ahnung, wieso er keinen Job findet, eigentlich ist nichts an ihm auszusetzen. Vielleicht hat er ja einfach nur Pech. Oder bewirbt sich auf die falschen Stellen.

Er ist gelernter Computeringenieur, hat aber außer in just dem Bereich schon alles Mögliche gemacht: Putzmann, Postbote, Fensterputzer, Taxifahrer und zuletzt Lastwagenfahrer bei SSAB.

Mama und er haben sich im Stahlwerk kennengelernt, aber ziemlich genau als sie zusammenkamen, ist er gefeuert worden. Er hat nicht gesagt, warum, und Mama schweigt und ich will nicht fragen.

Mama steht am Fließband und kontrolliert die Stanzmaschinen. Sie hat keine spezielle Ausbildung, und wenn sie mies drauf ist, gibt sie mir die Schuld daran, weil sie mit achtzehn schwanger geworden ist, was offensichtlich alles sabotiert hat. Ich halte das, ehrlich gesagt, für keine gültige Entschuldigung, alle seine Ambitionen an den Nagel zu hängen. Und ich bin kein Baby mehr. Und da sie kein Bedürfnis nach weiterem Nachwuchs zu haben scheint, könnte sie ja stattdessen eine Ausbildung anfangen oder studieren. Meinetwegen können wir uns auch eine kleinere Wohnung suchen, falls sie sich das sonst nicht leisten kann. Hauptsache, sie kommt etwas besser drauf, damit wäre ich ja schon zufrieden.

Ich setze mich auf eine Schaukel.

Die Ketten knarren. Wenn jetzt jemand aus der Dunkelheit auftauchen würde. Nach dem Motto: Hi, Jonna, toll siehst du aus heute Nacht. Darf ich dich über alles auf der Welt lieben?

Jemand, irgendjemand …

… der ungefähr wie Robin aussieht (vielleicht nicht ganz so perfekt, damit der Kontrast zwischen uns nicht so groß ist) und genauso smart und nett und zuverlässig ist wie Leonard.

… der seine Hände an meine Wangen legt und sagt: Du hast irre Augen, Jonna, das Graublau passt phänomenal zu dir.

Dann die Küsse, warm, süß, nicht zu feucht.

Kollektive Angst füllt die Aula, und es wird mehr geseufzt als in der Klinik für Kinder- und Jugendpsychiatrie, die es gerade mit einem neuen Trend von Ritzern zu tun hat. Ich hab's auch mal versucht, mich aber nicht getraut.

Gloria hat es probiert. An ihrer letzten Schule.

Da hat es die Leute nicht die Bohne interessiert, dass sie hübsch und nett und witzig ist und die beste Bücherwurmfreundin auf der ganzen Welt. Aber das war nicht der Grund, dass sie aus Knivsta weggezogen sind, ihre Eltern haben von der Ritzerei nichts gewusst (sie wollte es ihnen nicht erzählen, fand das peinlich, wollte sie in keine unangenehme Situation bringen), aber trotzdem war es sozusagen in letzter Sekunde, weil sie sonst wahrscheinlich jetzt im Leichenschauhaus läge.

Das hat sie selber gesagt. Genau mit diesen Worten. Es fällt mir schwer, das ernst zu nehmen, obwohl ich die Narben gesehen habe.

Ich drehe den Verschluss der Thermoskanne auf und gieße mir meinen zweiten Becher Kaffee ein. Bei einem gewöhnlichen Mathetest komme ich mit drei hin, heute könnten es vier werden. Ich trinke meinen Kaffee schwarz, von Milch wird mir schlecht, Zucker macht mich müde. Das ist zwar eklig bitter, hält aber wach.

Gloria sitzt zwei Reihen und etwas schräg versetzt vor mir. Ab und zu dreht sie den Kopf und schaut nach hinten. Durch die großen Fenster fällt Sonnenlicht herein, direkt auf ihr Haar. Sie trägt ein T-Shirt. Normalerweise tarnt sie die Narben mit Tönungscreme, aber die hat sie heute vergessen, wie ich feststelle, als ich an ihr vorbeigehe, um meinen Test zwanzig Minuten vor der maximalen Zeit von drei Stunden abzugeben.

Beschwingten Schrittes verlasse ich die Aula. Das lief ziemlich gut, obwohl ich an zwei Aufgaben hängen geblieben bin, den beiden letzten und schwersten. Aber das dürfte mindestens ein B geben.

Ich setze mich hin und warte auf Gloria. Sie erscheint um Punkt zwölf Uhr. Gar nicht beschwingt.

»Ich will nicht darüber reden«, kommt sie meiner Frage zuvor.

Wir laufen durch die Flure zu den Spinden, legen die Unterrichtssachen hinein, nehmen unsere Bücher heraus, gehen weiter in die Kantine, schieben Köttbullar und Kartoffelpüree in uns rein und nehmen Kurs auf die Schulbibliothek, wo wir uns in unsere Stammecke verkrümeln, in zwei orange, noppige Sessel sacken und in unsere Lektüre versinken.

Gloria: *Anna Karenina*. Ich: *Lolita*. Beides anrüchige Geschichten, trotzdem sogenannte Belletristik – wir denken nicht daran, das Niveau zu senken, weil wir uns was Gutes tun wollen.

»Ich hab Muskelkater«, flüstert Gloria nach etwa fünfzehn Seiten.

»Aha«, sage ich und schalte nicht gleich.

»Vom Kastenspringen.«

»Von dem bisschen hast du Muskelkater?«

»Was soll das heißen? Bloß weil du Leistungssportlerin bist, muss ich das ja nicht auch sein!«

Sie sieht eingeschnappt aus. So richtig. Bestimmt hat sie der Mathetest aus dem Gleichgewicht gebracht.

»Hier«, sagt sie und zeigt mir ihre absolut perfekten Handflächen. »Siehst du das, die sind ganz rot und geschwollen!«

»Ich seh's. Her damit.«

Sie hält mir die Hände hin. Und ich massiere. Mama hat mir früher immer die Hände eingecremt, als ich klein war, und da hat sie auch massiert. Das war besser als alle Süßigkeiten der Welt.

Glorias Schmollgesicht löst sich auf, und sie fängt an zu erzählen, aufgeregt und etwas zu laut für die *Schhh*-Bibliothek. Es geht um ihre Theatergruppe, sie wollen Hamlet inszenieren, in einer modernen Version. Sie weiß noch nicht, welche Rolle sie kriegt, aber eine arme Sau muss den Totenkopf spielen, wie immer das gehen soll. Wenn es nach ihr ginge, würde sie am liebsten den Hamlet übernehmen, aber die Rolle ist wahrscheinlich für den wangenküssenden Franzosen reserviert. Ja, er sieht gut aus. Nein, nicht ihr Typ. Außerdem viel zu alt, mindestens zweiundzwanzig, wenn sie es richtig mitbekommen hat. Er ist Austauschstudent an der Hochschule, studiert irgendwas mit Umwelt.

»Wie bekloppt muss man sein, um sich von allen Städten auf der Welt ausgerechnet Borlänge zum Studieren auszusuchen?«, brummelt sie.

»Willst du etwa nicht den Rest deines Lebens hier verbringen?«, frage ich, obwohl ich die Antwort natürlich kenne.

»Nix. Ich will nach New York. Danach Hollywood. Du kannst gerne mitkommen und Fußballprofi werden.«

»In Hollywood?«

Sie zuckt mit den Schultern.

»Oder irgendein nerdiger Forscher«, sagt sie. »Welches Fachgebiet?«

»Sinn des Lebens natürlich«, sage ich.

»Klar. Na dann, abgemacht?«

Ich nicke. Wir strecken unsere Daumen in die Luft. Wenden uns wieder unseren Büchern zu und lesen weitere fünfzehn Seiten, ehe sie wieder anfängt zu reden.

Jetzt geht es um den Luciatag übermorgen. Das Morgenwecken der Lehrer.

Sie will die Lucia sein. Die einzige Lucia. Nicht wie im Kindergarten, wo es siebzehn Lucias gab und keine Brautjungfern.

Ich verspreche ihr, ihr meine Stimme zu geben. Aber wir sind schließlich fünf, die sich einigen müssen.

Sie wird nervös. Ein dunkler Schatten zieht über ihre Augen. Sie will eine Garantie.

Also verspreche ich ihr, was ich nicht versprechen kann. Dass sie der hellste Stern am Lucia-Himmel sein wird.

Das beruhigt sie ein klein wenig. Trotzdem kaut sie auf ihrem Daumennagel. Und ich glaube zu verstehen, worum es ihr eigentlich geht: Sie will das Schattendasein an ihrer letzten Schule kompensieren, indem sie hier im Rampenlicht steht.

Meinetwegen kann sie gerne strahlen.

»Oh je!«, sage ich. »Alarm!«

Hinter Glorias Rücken taucht BB auf, Bibliotheks-Britta,

aufgebracht mit dem hochgestreckten Zeigefinger wedelnd und einem empörten *Sch! Sch! Sch!* auf den Lippen.

Immer dreimal. Damit nur ja keine Missverständnisse aufkommen.

Wir bitten untertänigst um Entschuldigung, verlassen die Bibliothek und laufen zu unseren Schränken, wo wir *Anna Karenina* und *Lolita* gegen deutsche und französische Grammatik austauschen.

»À bientôt!«, rufe ich Gloria nach, als unsere Wege sich trennen.

Und das tun wir. Also, uns wiedersehen. Oder uns bientôten, wie ich gerne sage (wenn die Französischlehrerin es nicht hören kann).

Es ist halb sieben. Ich steige in den Bus zum Fußballtraining. Gloria sitzt ziemlich weit hinten und winkt.

Ich lasse mich auf den freien Platz neben ihr fallen.

»Gute Neuigkeiten«, sage ich. »Ich darf übernachten.«

Sie klatscht in die Hände und yippiiiiiieht begeistert. Einige Fahrgäste drehen sich um und gucken sie empört an. Mein Gott, die Leute hier haben doch echt einen Schaden.

Ich will so schnell wie möglich weg hier, bei der erstbesten Gelegenheit. Dafür würde ich glatt zwei, drei Jahre auf Staatskosten an irgendeiner Universität völlig unnütze Dinge studieren, um mit ein bisschen Glück erwachsen zu werden. Ich will eine seriöse Ausbildung machen, damit Mama stolz auf mich sein kann. Und dann such ich mir einen überbezahlten Job, damit ich ihr ein Haus in Skräddarbacken kaufen kann, ungefähr da, wo Gloria wohnt. Es muss ja nicht das Flashigste und Teuerste sein, Hauptsache, heimelig und warmgelb, mit einem kleinen Garten, in dem sie auf ihre alten Tage herumpusseln kann. Sollte sie dann immer noch mit Abbe zusammen sein, karre ich die beiden in die Stora Tuna Kirche und sorge dafür, dass sie sich das Jawort geben und Ringe tauschen. Ich weiß, dass sie gerne heiraten würde, obwohl sie sich immer über solchen romantischen Kram lustig macht.

An der Maserhalle steigen wir aus. Es ist saukalt draußen, vor unseren Mündern steigen weiße Frostschleifen auf und kratzen trocken in den Nasenlöchern.

Neulich war noch Herbst. Bald ist wieder Frühling, Sommer, Herbst. Danach bin ich Gymnasiastin.

Auf der Schwelle ins Erwachsenenleben. An der Grenze in die Freiheit.

Was werde ich mit all meiner Freiheit anfangen, außer den Dingen, die ich eben aufgezählt habe?

Um die Welt segeln und den Himalaya besteigen? Ach nö, das haben schon so viele vor mir gemacht. Ich will originell sein!

Nach Goa fliegen und mir die Birne wegkiffen? Same shit. Und Ibiza passt nicht zu mir.

Mir einen Liebhaber zulegen? Ja, aber lieber zwei.

Zeichensprache lernen. Barfuß über gesperrte Rasenflächen gehen. Essen, was ich will. Mir die Haare blau färben. Löwenzahn pflücken. Schlapp, faul und gleichgültig sein. Protestieren, besetzen. Wählen. Kein Yoga machen. Dafür

Dart spielen. Nackt im Meer baden. Schnorcheln. Mir einen Delfin anschaffen. Und eine Schmetterlingsfarm. In eine Sekte eintreten. Und wieder austreten. Liebesbriefe an mich selber schreiben (weil meine Liebhaber faule Legastheniker sind). Mit meinem Jonna-Dasein zufrieden sein.

Und so weiter.

Sobald wir nach drinnen kommen, lösen sich die Frostwolken auf.

Ich ziehe mich um und schließe mich meiner Mannschaft an. Nach dem Aufwärmen üben wir Kopfbälle. Ich hasse Kopfbälle, hab immer Schiss, mir die Nase zu brechen. Dafür kann ich gut laufen. Ich bin linke Mittelfeldspielerin. Da renne ich fast die ganze Zeit, meistens ohne Ballkontakt. Einwürfe kann ich auch einigermaßen.

Gloria sitzt auf der Tribüne und scannt die Jungs, die in der anderen Hallenhälfte zugange sind, obwohl sie eigentlich aufhören sollen, wenn wir kommen. Aber im Gegensatz zu uns sind sie erfolgreich, also dürfen sie ganz selbstverständlich überziehen.

Robin jongliert mit dem Ball. Er hat kein Trikot an, nur seine weite Trainingsshorts.

Ich will auch ein Sixpack.

Gloria glotzt. Wie einige Mädels aus der Mannschaft. Robin ist sich dessen natürlich bewusst, aber er tut völlig unbeteiligt, legt den Ball in den Nacken, lässt ihn den einen Arm runterrollen und in seiner Hand landen.

»Okay, Mädels, und jetzt Liegestütze und Sit-ups!«, ruft Olle. »Dreimal fünfzehn Liegestützen, dreimal hundert

Sit-ups. Keine Schummelei, ich will, dass ihr fit seid für das Weihnachtsturnier!«

Allgemeines Stöhnen, aber kein wirklicher Protest. Robin und der Rest der P15-Mannschaft haben sich verzogen. Gloria tippt auf ihrem Handy rum, weil sie nichts mehr zu spannen hat.

»Ich hab gewonnen«, sagt sie, als ich fertig und umgezogen und abfahrbereit bin.

»Was hast du gewonnen?«

Sie zeigt mir die SMS.

Meinetwegen. Bis morgen! Isabel

Mein Ja hast du auch. Du hast das coolste Luciahaar, Tess

Gloria for president! Karro

Ich bin zum Essen eingeladen in der Burg der Oberflächlichkeit, wie ich Glorias Haus nenne, was nichts mit dem Haus zu tun hat, sondern mit dessen Bewohnern.

Glorias Vater: Benny, wird demnächst 50, was er groß feiern will, groß, schlank und mit dem weltkleinsten Adamsapfel. Schnurgrader Scheitel in der blonden Lockenmähne, snobistische Calvin-Klein-Brille und Markenklamotten vom Kopf bis zu den Zehen. Eigentlich sollte er Modedesigner und schwul und mit jemandem wie Leonard verheiratet sein. Stattdessen arbeitet er unter der schwammigen Bezeichnung »Abteilungsleiter« im Zentralamt für Verkehrswesen. Als seine Abteilung von Knivsta nach Borlänge verlegt wurde, ist er mit seiner Familie mitgezogen.

Glorias Mutter: Yvonne, 43, was sie als Niederlage betrachtet, klein, blonder Pagenkopf, kreideweiße Zähne, Wangenimplantat, Silikonlippen und verkürzte Fersensehnen, weil sie seit ihrer frühen Jugend hochhackig trägt, um ihre Einsfünfundfünfzig zu kompensieren. Hat sich zweimal Fett absaugen lassen. Aber ihre Brüste sind echt, groß und rund wie Glorias, sie teilen sich die BHs. Sie ist Hauttherapeutin mit eigener Firma, aber wenn man sie fragt, nennt sie sich Model-Agentin ihrer Töchter. Ja, alle drei, aber hauptsächlich die Zwillinge sind aktiv – mit Glorias plus size ist das ja nicht so einfach.

»Mehr Tacos, Jonna?«, fragt Yvonne.

Ich nicke. Bekomme nachgelegt. Stiere auf ihre Lippen, die aussehen, als könnten sie jeden Augenblick platzen. Vielleicht sind sie ja frisch aufgespritzt.

»Schatz, du musst wirklich mal wieder deine Augenbrauen zupfen«, sagt sie an Benny gewandt.

Er wischt über seine Augenbrauen.

»Tatsächlich«, sagt er. »Dringend.«

Das ist kein Scherz.

»Mama, wir auch! Wir auch!«, rufen Tindra und Stella im Chor.

Glorias neunjährige Zwillingsschwestern sind zwei platinblonde Gerippe mit fast durchsichtiger Haut, Michael Jackson-Nasen und großen, korallenblauen Alienaugen.

»Meine kleinen Darlings«, kollert Yvonne. »Wollt ihr auch eine Gesichtsmaske?«

Sie nicken eifrig. Gloria verdreht die Augen und stopft sich Tacos in den Mund, um so schnell wie möglich ihren Teller zu leeren und in ihr Zimmer fliehen zu können.

»Und jetzt machen wir es uns schön gemütlich vor dem Fernseher und schauen mal, was over there so los ist!«, fährt Yvonne fort.

Damit meint sie *Schwedische Hollywoodfrauen*, ihre Lieblingssendung.

Verglichen mit ihr ist Mama der reinste Einstein.

»Nee, wir müssen in meinem Zimmer Lucialieder üben«, sagt Gloria und erhebt sich. »Danke fürs Essen.«

»Hat super geschmeckt«, sage ich und erhebe mich ebenfalls. »Danke.«

Wir flitzen in Glorias Zimmer. Mit weißen Vögeln vor hellblauem Hintergrund als Tapete. Flauschiger, grüner Teppich, wie Grashalme unter den Füßen.

Ich ziehe meine Socken aus und bewege die Zehen. Gloria macht es mir nach. Das gibt fast ein bisschen Sommerfeeling.

»Eigentlich sind sie gar nicht so bescheuert, wie es scheint«, sagt sie. »Aber Mama dreht immer total ab, wenn Besuch da ist, und führt sich echt peinlich auf. Und Papa will keinen Streit und spielt mit, wie bei der Sache mit den Augenbrauen.«

»Sie sind nett, das ist doch die Hauptsache«, sage ich.

Sie legt sich aufs Bett. Ich mich auch, aber umgekehrt, also Kopf an Fuß.

»Manchmal glaube ich …«, sagt sie.

Ich warte. Die Fortsetzung lässt auf sich warten. Mich juckt es überall.

»Na ja, also, dass sie irgendwie versuchen, ein Gleichgewicht zu schaffen«, sagt sie nach einer Ewigkeitsminute.

»Was meinst du damit?«

»Wegen der Narben, weil ich mich geritzt habe und so. Das ist ja ziemlich ernst, das war mir schon bewusst, als ich es gemacht habe. Und natürlich haben Mama und Papa das mitbekommen, auch wenn sie sich echt Mühe geben, sich nichts anmerken zu lassen. Sie wollen, dass wir eine ganz normale Familie sind, darum nach außen hin ihr oft oberflächliches Gehabe. Weil: meine Ernsthaftigkeit und ihre Oberflächlichkeit zusammengenommen und durch zwei geteilt ergibt vielleicht so was wie Normalität.«

»Ich bin mir nicht sicher, ob ich dir ganz folgen kann.«

»So wie Schwarz und Weiß gemischt Grau ergibt.«

»Okay, verstanden. Aber *strange* ist das schon.«

»Was?«

»Dass sie so tun, als hättest du dich nie geritzt?«

»Ja, eigentlich schon.«

»Meine Mutter würde mich in die nächste Jugendpsychiatrie schleppen und verlangen, dass ich mindestens ein Jahr in die Geschlossene komme.«

»Das kann man nicht verlangen. Und die Jugendpsychiatrie ist hoffnungslos überlaufen. Da muss man schon ganz schön tief schneiden, um ernst genommen zu werden.«

»Woher weißt du das?«

»Weil ich vielleicht versucht hab, da reinzukommen?!«

»Was?«

»Ach, vergiss es, war bloß 'n Scherz. Gucken wir, was sich auf Facebook tut?«

»Klar.«

Wir richten uns auf und lehnen uns mit den Rücken an die Wand. Sie fährt ihren schweinchenrosa Laptop hoch und loggt sich ein, verschafft sich einen schnellen Überblick.

Isabel futtert Safranschnecken und ist sauer auf ihren Bruder.

Tess muss beim Abwasch helfen.

Karro findet das Leben ätzend, ganz allgemein.

Eine Cousine von Gloria hat sich verlobt. Drei Likes bis jetzt.

Leonard liest Nietzsche und überlegt, ob er am Wochenende mit seinem Freund Eisangeln geht.

Ein Freund aus der Theater-AG liest ein Rollenheft, kann sich aber irgendwie nicht richtig konzentrieren.

Ein anderer Theaterfreund lädt sie ein, Mitglied von *Hamlet for president!* zu werden – und sie stimmt zu, wie immer, ja, ja, ja. Darum ist sie auch Mitglied in Gruppen wie *Junge Marxisten*, *Wir haben Michael Jacksons Geist gesehen*, *Rettet den Ameisenbär!*, *Schafft die Schulpflicht ab!* und *Literaturnobelpreis für Zlatan!*.

»Hä, du bist mit Robin befreundet?«, sage ich verdutzt, als ein Die Probe war geil, das wird ein geniales Konzert. Bringt Freunde, Feuerzeuge und Alk mit, dann rocken wir den Saal! mit seinem Absender erscheint.

»Ja und, warum nicht?«, fragt sie spitz.

»Na ja …«

»Ich bin keine Loserin mehr!«

»Das hab ich doch gar nicht gesagt.«

»Nein, aber gedacht.«

»Quatsch. Was ist denn los mit dir?«

»Nichts.«

»Doch, sag schon.«

»Ach …«

Sie klappt den Laptop zu und sieht mich ernst an.

»Wenn ich es dir erzähle, musst du versprechen, es für dich zu behalten.«

Ich nicke.

»Du darfst es niemandem erzählen, nicht einmal unter Folter oder für viel Geld. Nicht einmal im Schlaf.«

»Ich rede nicht im Schlaf.«

»Gut.«

»Jetzt sag schon!«

»Ich habe eine Freundschaftsanfrage an ihn geschickt und natürlich damit gerechnet, dass er nicht darauf reagiert. Aber das hat er. Er wollte, dass ich ihm ein paar Bilder von mir schicke, was ich getan hab, danach hat er meine Anfrage akzeptiert.«

»Was für Bilder? Du hast dich doch nicht etwa ausgezogen oder so?!«

Sie antwortet nicht. Das ist auch eine Antwort.

»Ganz nackt?«

»Nein, nur obenrum. Da ist doch nichts dabei. Und er hat versprochen, es niemandem zu zeigen.«

»Und das glaubst du?«

»Ja, weil … Ja! Und außerdem bin ich nicht die Einzige, die ihm Fotos geschickt hat, um mit ihm befreundet zu sein, ich kenne mehrere, allein aus unserer Klasse. Jonna, bitte nicht sauer sein!«

»Natürlich bin ich nicht sauer. Aber Robin ist doch echt pervers. Kannst du nicht einfach aufhören, ihn zu mögen?«

»Das geht nicht einfach so. Oder könntest du von einem Tag auf den anderen mit dem Lesen aufhören?«

»Das ist ja wohl nicht zu vergleichen!«

»Finde ich schon. Und er ist nicht *pervers*. Ein bisschen hormongesteuert vielleicht, aber was ist daran so schlimm?«

»Eins versteh ich nicht«, sage ich, als wir ein paar Stunden später ins Bett kriechen – sie im Bett, ich auf einer Matratze auf dem Boden.

»Was?«

»Wieso Leute fies sind, wenn sie genauso gut nett sein könnten.«

»Darüber habe ich auch schon nachgedacht. Ich glaube, das liegt an einem Defekt im Gehirn, wegen dem die Fiesen glauben, nett sein wäre anstrengend. Sie sind schlicht und ergreifend falsch programmiert.«

»Mmh ... vielleicht.«

»Ich mach jetzt das Licht aus.«

»Okay. Gute Nacht.«

»Gute Nacht.«

Wir halten uns an den Händen. Das ist unser Ritual. Damit erst der Schlaf uns trennt.

Ich sinke immer schwerer in meine Unterlage, während ich gleichzeitig das Gefühl habe, zehn Zentimeter über der Matratze zu schweben. Ein irres Gefühl. Ob Gloria genauso versinkt und schwebt zugleich?

Ihre Hand in meiner wird schlaff. Ein Finger zuckt. Meine Hand sackt auch nach unten und lässt irgendwann los.

Um Punkt 04:00 uhut Glorias Radiowecker los. Ja, er uhut wirklich, sieht aus wie eine Waldeule und klingt wie eine. Sie hat ihn auf irgendeiner Internetseite gekauft. Gloria sammelt Eulen.

Wir sind beide todmüde, aber irgendwie schaffen wir es in die Küche, um einen Kaffee aufzusetzen. Sie stellt eine Dose mit Zwieback auf den Tisch und Margarine.

Mit zitternden Augenlidern sitzen wir uns am Küchentisch gegenüber und bereuen, zugesagt zu haben.

»Ich hasse frühmorgens aufstehen«, brummt sie. »Wozu soll das gut sein?«

»Es ist noch nicht Morgen«, sage ich. »Das ist so ’ne Zwischenphase, nicht mehr richtig Nacht, aber auch noch nicht richtig Morgen.«

»Mmh, stimmt.«

»Ja.«

»Wenn die anderen nicht wären, könnten wir drauf scheißen und uns einfach wieder hinlegen.«

»Wir können die anderen aber nicht im Stich lassen.«

»Nee, sag ich ja.«

»Interessant eigentlich, dass sie uns dabeihaben wollen.«

»Bestimmt weil der Rest schon auf andere Gruppen verteilt war und sie sich mit denen begnügen mussten, die übrig geblieben sind.«

»Ich will kein Lückenbüßer sein.«

»Ich auch nicht.«

»Wir streiken.«

»Ganz deiner Meinung.«

»Aber wahrscheinlich wird's trotzdem ganz lustig. Und Leonard freut sich bestimmt riesig. Und du bist die Lucia.«

»Das ist auch merkwürdig.«

»Nein, du hast die schönsten Haare.«

Sie lacht, weiß, dass es so ist. Wir trinken mehr Kaffee. Essen noch einen Zwieback. Dann gehen wir zurück in ihr Zimmer, sie knipst die Deckenbeleuchtung an und nimmt zwei Luciakleider aus ihrem Schrank. Als ihre Mutter hörte, dass wir am Luciawecken der Lehrer teilnehmen, hat sie schnell zwei genäht.

Glittergirlanden haben wir auch. Und Kerzen. Rotes Seidenband. Eine Luciakrone – nicht so 'n Plastikschrott mit Batterieleuchten, sondern aus Eisen mit echten Kerzen.

Ich bürste ihre Goldlocken. Wenn sie den Kopf bewegt, sieht es aus, als würde sie glühende Funken verteilen.

Im Gegenzug kämmt sie mein glattes, braunes Haar. Da glänzt und funkelt nichts. Na, ich hab immer noch die Chance, zur hübschesten Brautjungfer gewählt zu werden.

Gloria hat versprochen, mich zu schminken, vielleicht kann sie ja zaubern.

»Es darf nicht zu viel sein, damit es natürlich aussieht«, sagt sie und pudert mein Gesicht, malt mit hellrosa Lippenstift, braunem Kajal und schwarzem Mascara darin herum.

»Die echte Lucia hat sich bestimmt nicht geschminkt«, sage ich.

»Kann sein. Du bist fertig.«

Ich schaue in den Spiegel. Sehe etwas Süßes. Bin das wirklich ich?

»Hilfst du mir jetzt mit dem Kleid?«, fragt Gloria.

Ich nicke. Sie zieht ihren Schlafanzug aus, *entblößt ihre vernarbten Arme*, zieht einen weißen BH an, *so viele Narben*, ein weißes Unterhemd, *ich kann mich gar nicht erinnern, dass es so viele sind*, und zieht das Luciakleid über den Kopf, *hat sie wieder angefangen, sich zu ritzen?*

Ich knöpfe das Kleid auf dem Rücken zu. Will fragen, schweige aber.

Bestimmt habe ich falsch geguckt. Es gibt keinen Anlass. Sie hat die Schule gewechselt und sie hat mich. Eine Freundin. Eine beste Freundin. Die hatte sie vorher nicht, noch nie, hat sie gesagt.

»Woran denkst du?«

Sie dreht sich um, mustert mich eingehend.

»Äh ... Was soll ich denken?«

»Ich habe gespürt, dass du was denkst. Am Rücken. Und ich habe gespürt, dass es was Wichtiges ist.«

»Ich bin einfach nervös, weil ich das Gedicht vortragen soll.«

»Das ist doch kein Grund, nervös zu sein. Du hast es doch wohl ausgedruckt?«

»Ja, aber trotzdem. Alle werden mich angucken.«

»Du stehst ja nicht grade auf der Bühne im Globen und musst auch mit keinem Theaterschauspieler konkurrieren.«

Sie lacht und knotet sich das rote Seidenband um die Taille. Ich dekoriere mich mit Glittergirlanden. Sie probiert die Krone auf und schwankt unter dem Gewicht. Ich nehme ihr die Krone ab und stecke sie in meine weißen Tasche, in der schon die Kerzen und Streichhölzer und das Tuch für ihre Haare liegen, das vorm Anzünden der Kerzen mit Wasser aus der Sprühflasche befeuchtet wird. Und mein Portemonnaie, mein Handy und die Schlüssel für zu Hause habe ich auch dabei.

Wir schleichen auf den Flur und ziehen unsere Stiefel an (sie weiße mit hohen Absätzen, ich braune mit flachen Sohlen), die Thermojacken (sie sahneweiß mit Pelzimitat, hüftlang mit Glitzerknöpfen, ich dunkelblau ohne Pelzimitat und Glitzerknöpfe, über-Po-lang) und schauen durch den Spion nach draußen.

Es dauert nicht lange, bis ein großer, schwarzer Lieferwagen (Pädophilen- und Kidnapping-Modell) in die Straße einbiegt und direkt vor uns anhält.

Tess steckt den Kopf heraus und winkt, und wir laufen zu ihnen und setzen uns zu Karro und Isabel auf die Rückbank und begrüßen Tess' Mutter, die uns in die Stadt ins Lehrerviertel fährt, das so genannt wird, weil dort Ingrid Bräck, der Sportlehrer, der Chemielehrer, Bild-Fia und last but not least Leonard wohnen.

Unterwegs sehen wir drei Luciagrüppchen durch die Dunkelheit stapfen, zwei von unserer Schule, die dritte, etwas Ältere von Haga oder Soltorg.

»Wollen wir wetten, dass mindestens einer der Lehrer nicht aufmacht?«, sagt Karro.

Alle nicken und geben Tipps ab, wer von den Auserwählten es lästig finden könnte, dass ein singender Luciaumzug sein Haus stürmt.

Ich tippe auf Bild-Fia, die war letztes Jahr schon nicht da. Ich weiß, dass sie und ihr Mann ein Wochenendhaus am Siljansee haben.

Tess und Karro tippen auf Ingrid.

Gloria und Isabel glauben eigentlich nicht, dass einer nicht da ist, aber okay, dann vermutlich der krankhaft nervöse Chemielehrer, der zittert und stottert, sobald er sich über irgendwas aufregt, was im Grunde genommen ständig der Fall ist.

»Na dann, Mädels«, sagt Tess' Mutter und bleibt ein Stück von Ingrid Bräcks Haus entfernt stehen. »Singt schön und macht keine Dummheiten. Ruft an, wenn ihr abgeholt werden wollt.«

Ingrid Bräck sitzt kerzengrade auf dem Sofa und lächelt angespannt. Ihre Hände liegen auf den Knien, die sie auf damenhafte Weise zusammenhält.

Sie trägt Bluse und Rock und schwarze Hausschuhe, die Haare ordentlich frisiert, die Perlenkette angelegt: Sie hat hundertpro damit gerechnet, dass wir kommen. Aber begeistert sieht sie nicht aus, obwohl wir richtig gut singen und ich mein Gedicht mit großem Einfühlungsvermögen vortrage. Keine Ahnung, warum sie so ist. Manche Menschen finden eben alles anstrengend, jeder Tag ist eine neue Bürde, das Einzige, worauf man sich freuen kann, ist der Schlaf, und insgesamt scheint der Tod die attraktivste Lösung zu sein.

Als wir fertig gesungen haben, applaudiert sie gut erzogen und lädt uns zu selbstgemachtem Eiskonfekt ein. Ihr Mann hat sich in die dunkle Küche verzogen und beobachtet uns von dort mit funkelnden, scharfen Augen. Und sein Lächeln, als wir ihr Heim wieder verlassen, erinnert mich an ein Raubtier.

Ich wäre wahrscheinlich auch angespannt, wenn ich mit dem verheiratet wäre.

Der Nächste auf unserer Liste ist der Sportlehrer, der so gerührt über unseren Besuch ist, dass er jeden von uns mindestens viermal umarmt und Frau und Kinder weckt, um ihnen stolz »seine Schüler« vorzustellen.

»Jetzt müsste er mir aber wirklich ein Ausreichend geben, selbst wenn ich das Kastenspringen verhaue«, sagt Gloria, als wir die Umarmungsorgie überstanden haben und auf dem Weg zum Chemielehrer sind.

»Das verhaust du schon nicht«, sage ich. »Wir haben doch trainiert.«

»Was ja ein voller Erfolg war.«

Wir grinsen uns an. Sie hält die Luciakrone in der Hand, um ihren Kopf auszuruhen. Ein paar Schritte hinter uns gehen Isabel, Tess und Karro und tuscheln und kichern. Auf der Beliebtheitsskala rangieren sie ungefähr in der Mitte, Gloria und ich in der Mitte zwischen Mitte und Nullpunkt. Wer das festgelegt hat, kann ich nicht sagen, es ist einfach so.

Die Regel ist irgendwann aus dem Nichts entstanden.

Und alle halten sich daran.

Befolgen hörig das Nichts.

Der Chemielehrer macht nicht auf, aber Bild-Fia hat keine Wahl, weil wir just in dem Moment auftauchen, als sie ihre Morgenzeitung reinholt. Sie führt uns bis in ihr Schlafzimmer, wo ihr Mann in unsere brennenden Kerzen blinzelt und nicht zu raffen scheint, was los ist, ehe wir wieder draußen sind, jeder mit einer großen Safranschnecke versorgt, die wir selig verdrücken.

Und jetzt geht's endlich zu Leonard.

Er wohnt in einem ebenerdigen Bungalow aus braunem Backstein mit dazugehörigem kleinen Garten und ordentlich getrimmten Buchsbaumbüschen. Ich weiß zufällig, dass das Buchsbaum ist, weil Mama eine ziemlich intensive Pflanzenphase hatte, obwohl wir gar keinen erwähnenswerten Garten haben.

In der Zeit lag sie mir in den Ohren, dass ich doch Gartenbau studieren soll, damit ich meiner alten Mutter später mal einen großen Garten anlegen kann und sie in einer schönen Umgebung sterben kann.

Das hat mir Angst gemacht. Ich war plötzlich sicher, dass sie sterben müsste.

Was ja auch stimmt. Ich muss auch irgendwann sterben. Alle Menschen.

Jede Sekunde bringt uns dem Tod näher, aber wir überspielen das, denn wenn wir darüber nachdächten, würden wir uns vor lauter Angst wahrscheinlich nicht trauen, weiterzuleben.

Uns sind andere zuvorgekommen – fünf Jungs und zwei Mädchen aus der 9B singen mehrstimmig *Stille Nacht*. Das klingt klasse, trotz vereinzelter Stimmbruchkiekser. Wir summen mit, unsicher, ob sie die Verstärkung wollen. Die Mädchen sind beide Lucias, konnten sich offenbar nicht einigen.

Einer der Jungs ist Robin. Er trägt eine rote Lederhose und ein rotes, weit aufgeknöpftes Hemd und hat eine Weihnachtsmannmütze auf dem Kopf. Seine Füße stecken in einem Paar roter Stiefel. Er hat sich ordentlich ins Zeug gelegt.

Leonard und sein Freund, der, glaube ich, Fredrik heißt, sitzen aneinandergekuschelt und händchenhaltend auf dem Sofa. Sie tragen großblumige Seidenkimonos und haben beide dunkelblond zerwuschelte Haare mit grauen Koteletten.

Leonard hat keinen Bauch, dafür Fredrik so viel, dass es für beide reicht.

»Bravo! Bravo!«

Leonard und Fredrik applaudieren. Robin verbeugt sich übertrieben, die anderen Jungs machen es ihm nach.

Ich helfe Gloria, die Lichterkrone abzunehmen, weil ihr trotz feuchtem Tuch Wachs aufs Haar getropft ist. Ich hab Wachs auf der rechten Hand, in der ich meine Kerze halte. Er ist fest geworden, abgekühlt. Wie die kalte Haut einer Leiche mit Leichenstarre. Brrr!

Ich knibbele das Wachs ab. Denke an Mama. Werde plötzlich ganz melancholisch. Sie darf niemals sterben, dann sterbe ich auch.

»Setzt euch!«, sagt Leonard. »Fühlt euch wie zu Hause!«

Die Sessel sind schnell belegt, also hocke ich mich auf den Boden. Gloria auch.

Sie schielt zu Robin. Obwohl sie so tut, als würde sie genau das nicht tun.

Ich wäre echt froh, wenn sie in einen anderen Jungen verknallt wäre. Der seine Freundschaft auf Facebook nicht gegen Fotos von ihren Brüsten verkauft. Das ist unfair. Aber er weiß, dass er es kann. Weil er ist, wer er ist.

King Robin.

»Wir müssen unseren jungen Gästen was anbieten«, sagt Leonard und stupst Fredrik mit dem Ellenbogen in die Seite.

»Ich kümmer mich drum«, sagt Fredrik und saust in die Küche.

Er kommt mit einem Tablett zurück, auf dem vierzehn langstielige Gläser und zwei Flaschen Wein stehen.

»Von euch ist hoffentlich keiner bei *Jugend gegen Alkohol*?«, fragt Leonard.

Alle lachen. Fredrik entkorkt die erste Flasche und schenkt jedem einen Schluck ein.

»Und, worauf stoßen wir an?«, fragt Leonard und erhebt sein Glas.

Es hagelt Vorschläge:

»Auf Santa Lucia.«

»Dass bald Weihnachtsferien sind.«

»Dass Leonard uns allen in Reli und Geschichte die besten Noten gibt.«

»Mehr Taschengeld.«

»Kleine Kinder kriegen Taschengeld, ich krieg einmal im Monat mein Kindergeld.«

»Das müsste doch eigentlich Jugendgeld heißen.«

»Und überhaupt, wir müssten Elterngeld kriegen, das ist scheißanstrengend, mit denen zusammenzuwohnen.«

»Leonard, können Sie nicht eine Partei für uns gründen, wo Elterngeld ein Punkt im Programm ist?«

»Ja, Leonard for president!«

»In Schweden gibt es keinen Präsidenten, sondern einen Ministerpräsidenten.«

»Und einen König.«

»Ich finde, der König sollte abdanken und endlich mal was Sinnvolleres tun, als tagein, tagaus irgendwelche Bänder zu zerschneiden.«

»Auf keinen Fall, dass ist scheißwichtig, dass jemand im Namen aller Schweden Bänder zerschneidet!«

»Finde ich auch.«

»Ich hätte keine Lust, König zu sein, das wär mir viel zu

nervig, nie eine eigene Meinung zu irgendwas haben oder wählen zu dürfen und vom vielen Bänderdurchschneiden irgendwann einen Tennisarm zu kriegen.«

»Königsarm!«

»Meine Mutter hatte auch einen Tennisarm, obwohl sie nie Tennis gespielt hat, das versteh ich irgendwie nicht.«

»Hallo, Trollo, bist du blöd?«

»Selber blöd, Doppeltrollo!«

»Hört mal, kein Streit jetzt. Prost auf Santa Lucia!«

Es wird klirrend angestoßen und schlürfend getrunken.

Danach tritt Stille ein. Die Blicke schweifen durchs Zimmer. Erik ist ziemlich süß. Dunkel, soft. Er sitzt neben Robin. Jetzt sieht er mich an.

Shit, er sieht *mich* an!

Ich starre in mein Glas. Trinke noch einen Schluck. Muss mich anstrengen, keine Grimasse zu schneiden. Das schmeckt wie unverdünnter Himbeersirup, nur bitter statt süß. Das ist schwer zu erklären. *Fruchtig* steht auf dem Etikett. Ganz schön irreführend. Ist wahrscheinlich reine Gewöhnungssache. Genau wie bei Kaffee.

»Wo wir schon mal so gemütlich zusammensitzen, sollten wir versuchen, die große Frage zu klären!«, sagt Leonard, als er rumgeht und Wein nachschenkt.

Keiner sagt etwas, alle gucken ihn an wie Fragezeichen.

Die große Frage = ?

»Die Pointe unserer Existenz«, hilft er uns auf die Sprünge.

Weiteres Schweigen.

»Keiner?«, sagt er.

Meine Hand fliegt hoch, ehe ich sie daran hindern kann. Alle Gesichter drehen sich in meine Richtung.

»Bitte schön, Jonna, du hast das Wort«, sagt Leonard und lächelt mich an.

Meine Wangen fangen an zu glühen, meine Zunge klebt am Gaumen, meine Handflächen werden feucht.

»Das dürfte der Tod sein«, sage ich mit krächzender Stimme.

»Wie meinst du das?«

»Na ja, der Tod ist das Einzige, was alle Menschen auf der ganzen Welt irgendwann erleben werden. Ich und der König, Santa Lucia und alle, die wir hier sitzen. Und wenn ich darüber nachdenke, finde ich das manchmal so furchtbar, dass ich am liebsten auf der Stelle sterben würde, um es hinter mir zu haben. Um also nicht die ganze Zeit vor Angst wie gelähmt zu sein, denke ich stattdessen, dass es gut ist, zu sterben, dass einen nach dem Tod schöne Dinge erwarten, wunderbare, fantastische Dinge, wie wir sie uns im Leben nicht im Traum hätten vorstellen können.«

»Hilft das?«

»Manchmal.«

»Was denkst du über böse und gute Menschen?«

»Wie meinen Sie das?«

»Erwartet sie was Unterschiedliches im Jenseits?«

»Ich glaube nicht an irgendeine Hölle, weil, wenn ich das tun würde, gehe ich das Risiko ein, dass ich dort lande, weil ich vielleicht als böse eingestuft werde, obwohl ich mich nicht so fühle. Oder es passiert ein Irrtum, du stolperst und fällst durch das falsche Loch. Aber selbst wenn alle im gleichen Jenseits landen, kriegen die Bösen trotzdem so was wie eine Strafe, weil sie sich an alles Schlechte erinnern, was sie getan haben, und es total unangenehm ist, wenn sie den Leuten begegnen, die sie in ihrem irdischen Leben gepiesakt haben. Ich stell mir vor, dass Hitler den ganzen Tag Rotz und Wasser heult und sich jedes Mal selber in die Fresse haut, wenn er einen der Juden sieht, die er ermordet hat.«

»Aber ist das nicht eine Hölle, in der er sich befindet?«

»Schon möglich. Aber eine ganz persönliche Hölle, in der nur er ist, niemand sonst. Eine große Seifenblase aus Hass und Finsternis.«

Ich verstumme, nehme einen Schluck Wein und warte auf das Lachen der anderen.

Aber es lacht keiner.

»Interessante Theorie, ich muss schon sagen«, sagt Leonard und scheint es ernst zu meinen. »Was denkt ihr anderen darüber?«

Tess hebt vorsichtig die Hand.

»Ja, Tess.«

»Das mit Hitler, der sich selbst eins in die Fresse haut, finde ich gut.«

»Ich auch«, sagt Karro.

»Ich schließ mich an«, sagt Isabel.

Alle finden gut, was ich gesagt habe. Ich fühle mich wirklich wie im Himmel. Besonders, als Erik mich mit seinen sanften, braunen Augen direkt anschaut. Dieses Mal weiche ich seinem Blick nicht aus, möglich, dass ich sogar ganz leicht lächele, obwohl ich mir vor Nervosität fast in die Hose mache.

»Hat noch jemand Lust, auf die große Frage zu antworten?«, fragt Leonard.

Und ob. Sie reden alle durcheinander, den altbekannten Mist: ficken, feiern, rauchen, saufen, um die Welt reisen, reich und berühmt werden, noch ein bisschen mehr ficken. Manche Leute sind echt fantasielos.

Es ist Viertel nach sieben, als wir wieder auf der Straße stehen, einige etwas beduselt, darunter ich, aber wohlig. Ich sollte mir angewöhnen, Wein zu trinken, das macht alles viel lockerer.

»Fluppe?«

Ehe ich antworten kann, hat mir ein Junge, der, glaube ich, Molle heißt, eine Zigarette zwischen die Lippen geschoben und angezündet.

Ich nehme einen Zug und fühle mich cool. Eine Sekunde später kriege ich keine Luft mehr und huste mir die Lunge aus dem Leib, meine Augen tränen, ich will nicht weiterrauchen, also übernimmt Gloria meine Zigarette.

Sie muss schon öfter geraucht haben, jedenfalls ist sie der reinste Profi. Sie macht einen Rauchring nach dem anderen, die in den Himmel steigen, sich verteilen und auflösen.

Wir setzen uns in Bewegung, ich habe keine Ahnung, wohin es geht, kriege nur Wortfetzen mit wie *Fest, sturmfreie Bude, Barschrank, jetzt komm schon, Spaßbremse! Penne? Scheiß drauf, wir machen die ersten Stunden blau, hehe.*

»Und was ist mit dem Luciaumzug in der Schule?«, höre ich mich selber sagen.

Himmel, dreht sich mein Kopf.

»Ja, was ist damit?«, fragt Gloria und fängt an zu kichern.

Ich kichere auch. Wir kichern im Doppelpack und halten uns an den Händen, schwingen die Arme vor und zurück, lieben uns und die ganze Welt.

Das Leben ist genial. Sogar besser als der Tod.

Wir sind bei irgendwem zu Hause, eine Treppe runter im Partyraum mit grünem Teppichboden und holzgetäfelter Decke und Wänden – ein bisschen wie in einer großen Sauna.

Die Musik ist ziemlich laut, alte, abgenudelte Stücke vom letzten Jahr, aber trotzdem okay.

Ich sitze auf einem Sofa und trinke lauwarmes Bier, das ungefähr wie vergorener Apfelsaft schmeckt. Ich kann mich nicht entscheiden, ob ich es lecker finde oder nicht und probiere immer wieder. Und noch mal. Und noch mal.

»Tess ist echt 'ne Spaßbremse, stimmt's?«

Offenbar bin ich nicht allein auf dem Sofa. Ich drehe den Kopf zur Seite und entdecke Isabel. Sie riecht nach Zigarette, ihre Augen sind glasig, ihr Haar ist zerstrubbelt.

»Aber echt«, sage ich.

»Haben sie deine auch betatscht?«

»Hä?«

»Deine Titten!«

»Was ist mit denen?«

»Ach, scheiß drauf.«

Sie verschwindet. Ich lehne mich zurück, schließe die Augen, kichere vor mich hin, keine Ahnung, worüber, aber muss man immer alles wissen?

Als ich die Augen wieder aufschlage, sehe ich die anderen tanzen.

Gloria hat die Arme um Robins Hals geschlungen. Sie ist barfuß. Die rosa lackierten Fußnägel leuchten wie kleine Blüten auf dem grünen Teppichrasen.

Die Mädchen aus der 9B tanzen mit den Jungs aus der 9B.

Karro und Molle machen so eine Art Schlangentanz. Isabel unterhält sich mit Erik. Ihr Mund ist ganz dicht an seinem Ohr. Seine Augen lachen.

Mir wird kalt. Ich verkrampfe mich. Fühle mich wie ein großes, pochendes Herz, das hier wegwill. Aber ich kann mich nicht vom Fleck rühren. Bis Robin sich plötzlich breitbeinig vor mir aufbaut, sich linkisch verbeugt, albern mit den Händen vor mir rumwedelt und sagt:

»Darf ich bitten, Fräulein Jonna?«

Er lacht. Ich auch. Im nächsten Augenblick tanze ich. Er drückt sich an mich und atmet schwer gegen meinen Hals. Warm und feucht. Seine Augen glänzen, wenn er mich zwischendurch ansieht.

»Du und Gloria, ihr seid echt viel witziger, als ich dachte«, sagt er. »Süß seid ihr, jedenfalls ein bisschen.«

»Aha«, sage ich. »Danke …«

Mein Blick sucht Gloria. Entdeckt sie an die Wand gelehnt dastehen und eifersüchtig zu mir rüberschauen.

»Ich dachte, Tess wäre cool, aber die ist echt spießig«, redet Robin weiter.

»Mmh«, sage ich und spüre so ein Ziehen im Bauch, weil ich grade in Rekordfahrt mit dem Aufzug die Popularitätsskala hochsause.

»Wie findest du Leonard?«

Er schiebt einen Finger zwischen zwei Knöpfe der Knopfleiste auf meinem Rücken. Ich zucke zusammen.

»In Ordnung«, sage ich angespannt.

»Er ist mein Lieblingslehrer.«

Ein Fingernagel kratzt über meinen Rücken.

»Meiner auch«, sage ich.

»Schade, dass er schwul ist.«

Plötzlich drückt er meine linke Brust. Ich mache einen Schritt nach hinten, versuche, mich aus seiner Umarmung zu befreien, was mir nicht gelingt.

»Warum ist das schade?«, frage ich mit greller Stimme.

»Hallo, Schwule sind voll eklig. Ha, ha, ha. Pervers.«

Er schubst mich weg.

»Alle mal herhören!«, schreit er. »Leonard und Fredrik sind voll eklig. HA, HA, HA, HA!!!«

Irgendwer lacht. Robin biegt sich vor Lachen. Erik und Molle leisten ihm Gesellschaft. Sie stehen da wie drei zusammengeklappte Taschenmesser und tanzen einen merkwürdigen Tanz. Karro macht immer noch ihren Schlangentanz.

»Hoffentlich haben wir uns nicht angesteckt!«, grölt Erik. »Ha, ha, ha! Jungs, stellt euch vor, wir fangen auch an, unsere Lötkolben in haarige Arschlöcher zu stecken!«

Vollidioten. Ich hasse sie. Leonard ist total nett, nicht eklig. Ich will nach Hause.

Ich gehe zu Gloria, ziehe an ihrem Ärmel.

»Komm, wir hauen ab«, sage ich.

»Nein«, sagt sie. »Ich will noch bleiben.«

»Aber die sind doch ... Hast du nicht gehört, was sie gesagt haben?«

»Ich will mit Robin tanzen.«

»Er grapscht.«

»Das tun alle Jungs. Die sind so. Das muss man ertragen.«

»Ich will nicht.«

»Dann geh doch!«

Ihre Stimme ist hart. Ihr Blick spitz. Ich schlucke, schlucke. Schmirgelpapierhals.

Ich gehe. Lachen hinter meinem Rücken. Höre Worte wie *hyperempfindlich* und *Schwulenfan*.

»Bist du etwa lesbisch, Jonna?«, höre ich Eriks Stimme, als ich die Treppe hochgehe. »Bist du? Hä? Was? Antworte gefälligst, Hure!«

»Lesbe, Lesbe!«

»Hure!«

Ich bin oben, laufe zur Haustür. Reiße sie auf, stürme nach draußen, stehe keuchend auf einer zugeschneiten Vortreppe, laufe weiter auf die Straße, erkenne nichts wieder, war noch nie hier.

Wo bin ich? Es ist hell draußen. Die Sonne scheint. Wie kann jetzt die Sonne scheinen?

Ich gehe los. Gehe, gehe, gehe. Mein rechtes Ohr pfeift, ich habe direkt neben einem Lautsprecher gesessen. Meine Finger frieren ein, meine Ohren, am Ende auch meine Zehen. Ich muss Mama anrufen. Ich wühle in der Stofftasche, das Handy ist nicht da, fange an zu heulen. Irgendwann finde ich es, heule aber trotzdem weiter, weil der Akku leer ist.

Wieso habe ich es gestern nicht aufgeladen?

Mama hat bestimmt schon zwanzig besorgte SMS geschickt. Vielleicht sogar die Polizei gerufen.

Irgendwann komme ich an einer Bushaltestelle vorbei, die ich kenne.

Ich setze mich hin und warte auf den Bus, als er kommt, steige ich ein. Der Fahrer sieht mich misstrauisch an, fragt mich, wie es mir geht.

»Gut«, höre ich mich sagen. »Bin nur ein bisschen müde. Ich hab mit ein paar Freunden Lucia gefeiert.«

»Nett«, sagt der Fahrer.

»Ja, supernett …«

Ich laufe durch den Gang und setze mich auf die letzte Bank. Wo immer die Coolen sitzen. Das ist jetzt mein Platz, denke ich. Ich werde ihnen zeigen, wer die Coolste ist. Ich hasse, hasse, HASSE sie.

Ich trete gegen die Rückenlehne vor mir.

Mein Hals tut weh, das ganze Gesicht tut weh.

Gloria. Wie konnte sie nur?

Warum ist sie nicht mitgekommen?

Ich steige beim Jugendzentrum aus und gehe das kurze Stück nach Hause. Denke an Robin, obwohl ich nicht an Robin denken will. Denke an den Sonntag, als ich an seiner Kirche vorbeigelaufen bin, als er und seine Eltern nach dem Gottesdienst gerade nach draußen kamen. Ich hab ihn erst gar nicht erkannt, weil er so anders aussah. Das lag nicht nur an den Sonntagsklamotten und dem Scheitel, auch sein Blick war anders und wie er sich bewegt hat.

Wie ein anderer Mensch.

Zu Hause ist es still, als ich reinkomme.

Sind sie unterwegs und suchen nach mir?

Mamas Schlüsselbund ist nicht da.

Ich werfe einen Blick in ihr Schlafzimmer.

Abbe schläft. Mama ist nicht da. Dann sucht sie mich also.

Ich gehe in mein Zimmer, hänge das Handy ans Aufladegerät.

Eine einzige SMS von Mama.

Hoffe, euer Lehrerwecken hat Spaß gemacht. Konnte heute leider nicht freinehmen, wie geplant, damit verpasse ich die Luciafeier in der Schule. Tut mir leid. Abbe kommt aber! Umarmung, Mama

Mir ist plötzlich so schlecht, dass ich es grade noch ins Bad schaffe, ehe ich mich übergebe.

Es brennt im Hals, in der Nase, im Bauch.

Der Boden unter mir bewegt sich in großen Wellen.

Hinterher hocke ich in einer Ecke auf dem Boden, lange, lange.

Während der Schwindel nachlässt, die Tränen laufen, der ganze Körper zittert.

Während Gloria und die anderen weiterfeiern, in dem Haus, von dem ich noch nicht einmal weiß, wer da eigentlich wohnt.

Eiskaltes Wasser auf der Haut. Ich seife mich von Kopf bis Fuß ein. Packe meine Tasche und trinke drei Tassen Kaffee im Stehen.

Ein Blick auf die Uhr. Zeit, zu gehen. Oder eher rasen. Ich hätte vor einer Viertelstunde da sein sollen, zum Einsingen und so weiter.

Fünf Minuten später stürze ich ins Klassenzimmer, wo wir uns umziehen sollen.

Gloria ist nicht da. Sie sollte ein Gedicht vortragen. Der Musiklehrer schwitzt nervös, während er mit dem Handy am Ohr herumläuft und versucht, sie zu erreichen. Und einige andere, die auch nicht aufgetaucht sind. Robin zum Beispiel. Er ist Sternjunge und sollte ein Solo singen. Sobald klar war, dass er beim Luciaumzug mitmacht, fanden die anderen es plötzlich auch cool. Vorher war das eine Veranstaltung für Spießer, Nerds und Klimperaugenpuppen (Mädchen mit langen, blonden Haaren und großen, blauen Augen, eher niedlich als hübsch).

»Hat irgendjemand eine Ahnung, wo die Schwänzer stecken?«, ruft der Musiklehrer, als es bis zum Beginn der Veranstaltung nur noch fünf Minuten sind.

Ich kann nichts sagen, Petze ist noch geächteter als Streber.

»Nee, hab auch nicht damit gerechnet«, brummelt er, als keiner antwortet. »Dann müssen wir eben ohne sie klarkommen. Wir zünden jetzt die Kerzen an.«

Eigentlich läuft es nicht schlecht – nur ein Mädchen wird ohnmächtig, der ADHS-Junge, der Weihnachtswichtel ist, hüpft nicht die ganze Zeit auf und ab, ein einziger Gedichtevorleser bleibt hängen, und als das Staffan-Lied kommt, in dem Robin das Solo singen sollte, überschlagen sich nur zwei statt fünf Stimmbruchstimmen wie bei den Proben.

Abbe sitzt ziemlich weit vorne. Er strahlt mich stolz an. Ich glaube, er meint das ernst. Das stolze Strahlen. Wenn ich nicht wüsste, dass er nicht mein Vater ist, würde ich mir wünschen, er wäre es.

Glorias Eltern und Geschwister sitzen ungefähr in der Mitte der Aula am Mittelgang. Ihre Blicke suchen Gloria. Als sie nicht fündig werden, suchen sie mich, fragen: Wo?

Ich würde am liebsten im Boden versinken.

Will nicht, dass sie mich ausfragen, was heute Morgen passiert ist.

Auf dem nicht sehr festlichen Fest.

Ich bin weggelaufen. Gloria ist geblieben. Ich glaube, dass etwas passiert ist. Was Schlimmes.

Als wir aus der Aula ausziehen, kommen wir an Leonard vorbei, der in der letzten Reihe sitzt und offenbar Schwierigkeiten hat, die Augen aufzuhalten. Als er mich bemerkt, zwinkert er freundlich, als wollte er sagen: Danke für euren Besuch, das war nett.

War es wohl, halbwegs jedenfalls.

Abbe umarmt mich kurz und sagt, ich wäre super gewesen, bevor er durch das Gewimmel vor der Aula verschwindet. Ich hätte mich gefreut, wenn er noch ein bisschen geblieben wäre, aber wahrscheinlich hat er damit nicht gerechnet.

»Jonna!«

Ich drehe mich um. Glorias Vater sieht mich besorgt an.

»Weißt du, wo Gloria ist?«, fragt er. »Wir haben zigmal versucht, sie auf dem Handy zu erreichen. Wieso ist sie nicht hier?«

»Ähm … Ist sie nicht nach Hause gekommen?«

»Nein, sie … Nein. War sie nicht bei dir? Jonna, Gloria ist doch mit dir nach Hause gegangen?«

Ich schüttele den Kopf.

»Nein, aber … Vermutlich ist sie mit Karro oder Isabel nach Hause gegangen.«

»Oh, meinst du …? Dann frag ich da mal nach. Sind sie hier?«

»Nein, ich glaube nicht. Ich habe sie jedenfalls noch nicht gesehen, aber ich kann Ihnen die Handynummern geben.«

Er beginnt sofort zu telefonieren. Macht ein paar Schritte von mir weg, wird von dem Gewimmel verschluckt.

Ich wähle unterdessen noch einmal Glorias Nummer. Keine Antwort.

Nach der Schule gehe ich joggen. Ich renne wie eine Bekloppte die Steigung hoch. Oben angekommen trete ich in eine Schneewehe, bis ein älteres Paar vorbeikommt und mich misstrauisch ansieht.

»Ist das Ihre Schneewehe, oder was?«, schreie ich sie an und renne wieder los, diesmal abwärts.

Die Wohnung ist leer. Mama hat irgendwas von einer Weihnachtsfeier bei ihrer Arbeit gesagt. Erstaunlich, dass

Abbe mitgegangen ist, immerhin haben sie ihn doch gefeuert.

Ich schalte den Fernseher ein, zappe mich durch den Abend. Irgendwann schlafe ich ein. Träume, dass ich Gloria tot in einer Schneewehe finde. Ich hebe sie auf und trage sie bis nach Hause, wo ich sie ihrem weinenden Vater übergebe.

war die banane gut?
/bosse banana

SAUUUUG!!!

Gloria, du bist mein großes idol. du hast so geile titten. ich hab die hupenfotos vergrößert und gerahmt und allen möglichen leuten geschenkt, mama, papa, bruder, opa zum achtzigsten geburtstag. und weihnachten schenke ich sie meinen 19 couzzins. bye, bye!
/ein fan

Wenn Gloria groß ist, wird sie Hure.

Du bizz hässlich

Ich knalle den Laptop zu, mir ist schon wieder schlecht, aber nicht auf Katerweise …

Liste der häufigsten Kater-Symptome:

a. Man hat einen mit dem Vorschlaghammer auf die Birne gekriegt.
b. Eine Kanonenkugel rollt im Schädel herum.
c. Im Magen tummeln sich Bandwürmer und Piranhas.
d. Man dümpelt in einer Nussschale bei ziemlich hohem Seegang auf einem großen, großen Meer: Heiteres Fischefüttern.
e. Man schwört sich hoch und heilig: NIE MEHR.

f. *Aber kaum geht es einem wieder ein bisschen besser, erinnert man sich, wie lustig es und wie cool man selber war, denkt man:* NA JA, MAN SOLL NIE NIE SAGEN.

g. *Und dann ist wieder Freitag, und man hat komplett vergessen, wie schmerzhaft es ist, einen Vorschlaghammer auf die Birne zu kriegen.*

... sondern auf die Verdammte-Scheiße-was-geht-da-vor?-Weise.

Ich sitze am Küchentisch und trinke Tee mit viel Zucker und Milch, Appetit habe ich keinen.

Es ist Samstag und fast ein Uhr. Mama und Abbe schlafen noch. Sie sind kurz nach drei heute Nacht nach Hause gekommen.

Der Computer seufzt und surrt, will, dass ich weiter google und noch mal in Glorias Blog gehe, um nachzuschauen, ob sie auf die Kommentare reagiert oder was Neues eingestellt hat. Manchmal fotografiert sie ihr Frühstück, vorher und nachher, und schreibt einen witzigen Kommentar dazu, oft von ihren Schwestern (z.B. dass sie demnächst in die USA fliegen, um dort an einem Beautiful-Twins-Wettbewerb teilzunehmen). Aber ich will nicht nachsehen. Ich will gar nichts.

Trotzdem klappe ich den Laptop wieder auf und schreibe einen Kommentar zu den Kommentaren.

Zur Hölle mit allen Ekelpaketen, die hier perverse Sachen reinschreiben!

Dann rufe ich Gloria auf dem Handy an. Sie antwortet nicht. Also schreibe ich eine SMS.

Alles klar? Was ist passiert, nachdem ich weg bin? Warum antwortest du nicht? Alles okay mit dir? Bitte, melde dich! Jonna

Ich warte und warte. Keine Antwort. Ich schreibe *Hallo?*, immer noch nichts. NEIN NEIN NEIN. Langsam halte ich es nicht mehr aus.

Ich habe Mama nicht in die Küche kommen hören. Sie steht mit zerzausten Haaren und verdrehtem Schlafshirt vor mir.

»Guten Morgen, Schatz«, sagt sie und tätschelt meine Wange, als sie an mir vorbei zur Kaffeemaschine schlurft.

»Guten Morgen«, nuschele ich.

Sie misst Kaffeepulver ab und gähnt mit dem ganzen Körper.

»Wie sind deine Pläne für heute?«, erkundigt sie sich.

Ich zucke mit den Schultern. Frage mich, wie sie übersehen kann, wie beschissen es mir geht. Frage mich, wieso ich es nicht einfach sage, statt zu warten, dass sie es mir ANSIEHT.

Sie schenkt zwei Becher ein und verschwindet wieder ins Schlafzimmer.

Wenn der zweite Becher wenigstens für mich gewesen wäre.

Wenn ich jetzt gemütlich im Bett neben ihr sitzen und reden könnte.

Obwohl ich Abbe eigentlich mag, wünsche ich ihn manchmal sonst wohin und mir Mama für mich allein.

Ich hab keine Lust, noch mal bei Gloria anzurufen. Wenn sie mich sehen will, muss sie sich melden. Ich komm auch so klar.

Ich trinke den Tee aus, der inzwischen nur noch lauwarm ist, schmiere mir einen Doppeldecker mit Salami, den ich in Folie einschlage, nehme einen Apfel, gehe in mein Zimmer, packe den Fressbeutel mit ein paar Büchern in meinen Rucksack, ziehe Jeans und Pulli an, fahre mir mit einem Kamm durchs Haar und binde es zu einem Pferdeschwanz zusammen, schreibe Mama einen Zettel: *Bin kurz in der Stadt*, verlasse das Haus, schließe mein altes Schrottrad auf und strampele Richtung Stadt, wild und frei, aber viel zu einsam.

Einsam radele ich vor Leonards Haus hin und her und würde gerne wieder zu ihm rein, mehr Wein trinken, die letzten vierundzwanzig Stunden vergessen, wieder glücklich sein.

Einsam hechte ich hinter einen Busch, das Fahrrad über mir, als Fredrik und er plötzlich nach draußen kommen und in ihrem kleinen, grünen Nissan wegfahren.

Einsam fahre ich zu Almas Café, trinke Wasser und lese zwei Stunden.

Einsam denke ich bei jedem Mann mittleren Alters, den ich sehe: Papa?

Einsam denke ich an Abbe, überlege, ob ich ihn adoptieren soll. Geht das, einen Vater zu adoptieren?

Einsam überquere ich den Marktplatz, esse den halben Doppeldecker und überlasse den Rest den Vögeln.

Einsam begebe ich mich eine Stunde vor der Schließzeit in die Bibliothek, schaue, ob was interessantes Neues reingekommen ist, streiche mit den Fingerkuppen über die Buchrücken und denke, dass in den Bücherwelten doch alles viel einfacher ist als im wirklichen Leben.

Am Montagmorgen stehe ich bei Eiseskälte im Bushäuschen an der Schule, warte.

Langsam werde ich panisch, da scheint wirklich was Ernstes passiert zu sein, es ist noch nie vorgekommen, dass sie so lange nicht auf meine SMS reagiert oder nicht ans Handy geht, wenn sie sieht, dass ich es bin. Sie ist nie zu fertig für ein Treffen, wenn ich den Weg auf mich genommen habe und vor ihrer Tür stehe.

Ja, ich bin zu ihr gegangen und habe geklingelt. Ihr Vater hat die Tür aufgemacht und lächelnd gesagt, es wäre alles unter Kontrolle, sie hätten sich unnötig Sorgen gemacht. Gloria war bei einer Freundin eingeschlafen, zu der sie nach dem Lehrerwecken zum Frühstücken gegangen waren – ich war ja schon früher nach Hause gefahren – und beim Aufwachen war ihr so schlecht gewesen – wahrscheinlich hatte sie irgendwas Verdorbenes gegessen –, dass sie völlig vergessen hat, zu Hause anzurufen, um zu sagen, wo sie steckt. Dann war zu allem Überfluss auch noch ihr Akku leer, und sie hat überhaupt nicht mitbekommen, was für eine Aufregung sie ausgelöst hat. Ob ich zu ihr wollte? Ich nickte. Er verschwand. Kam zurück. Sagte, tut mir leid, sie fühlt sich immer noch nicht ganz frisch, meldet sich aber, sobald es ihr wieder besser geht.

Der Bus kommt. Die Wichte aus der Siebten steigen aus. Danach ein paar Achtklässler. Und hinter ihnen Erik, Molle und Robin, wie üblich im Dreierpack und wie üblich mit Robin in der Mitte.

Als sie mich sehen, grinsen sie.

»Hi, Jonna«, blökt Robin.

»Hi, Jonna«, äffen Erik und Molle ihn nach.

Sie stellen sich um mich auf.

»Hi«, sagte ich knapp und tue, als würde ich nach etwas in meiner Jackentasche suchen.

»Schade, dass du neulich so früh gegangen bist«, sagt Robin. »Danach wurde es erst richtig lustig. Stimmt's, Jungs?«

Erik und Molle nicken. Ich halte über ihre Schultern nach Gloria Ausschau, aber sie kommt nicht.

Der Bus fährt weiter.

»Magst du auch Bananen?«, fragt Molle.

Ich antworte nicht.

»Hörst du schlecht?!«, schreit er. »Magst du auch Bananen?«

Ich zucke von seinem Schrei zusammen. Robin und Erik lachen, stoßen sich gegenseitig die Ellbogen in die Seiten. Ich will gehen, aber sie schieben sich enger zusammen, bilden eine Mauer. Sie sind größer als ich. Breiter. Sie könnten mit mir machen, was sie wollen.

»Lasst das«, sage ich im Versuch, lässig zu klingen.

»Was sollen wir lassen?«, sagt Robin und stößt mich gegen die Schulter. Ich wackele und stoße Molle an.

»Uäääh, Nerd-Bazillen!«, ruft er und weicht nach hinten aus.

Ich falle hin. Höre ihr Lachen. Bleibe liegen und rühre mich nicht. Habe wieder ein Pfeifen im rechten Ohr. Sehe ihre Schuhe. Ihre Beine. Ihre Schatten. Ich halte die Luft an. Warte auf den Tritt. Der nicht kommt, weil ein Bus in die Haltebucht fährt. Sie verdrücken sich, lachend und johlend. Ich hasse sie, hasse, hasse, HASSE sie. Und als ich mich aufrappele und mir den Schnee von den Klamotten wische, steigt Gloria aus der hinteren Bustür.

Sie sieht völlig verändert aus, aber ich kann nicht sagen, woran es liegt.

»Wartest du auf mich?«, fragt sie, als sie zu mir kommt.

»Was für eine dämliche Frage!«, fauche ich.

»Was ist denn mit dir los?«

»Musst du grade fragen!«

»Was denn, mir war das ganze Wochenende sauschlecht, ich hab nichts auf die Reihe gekriegt.«

Sie sieht an mir vorbei. Sie lügt. Warum lügt sie mich an?

»Irgendwas ist doch auf der Party passiert?«, sage ich. »Nachdem ich gegangen bin.«

»Nein, was soll passiert sein?«, fragt sie und geht los Richtung Schule.

Ich muss laufen, um mit ihr Schritt zu halten.

»Und irgendwelche Schweine haben perverse Sachen in deinem Blog gepostet«, sage ich. »Wenn du mich fragst, Robin und seine Clique.«

König Robin und die Ritter der Arschlochtafelrunde.

»Ist mir doch egal«, sagt sie.

»Aber mir nicht!«

»Damit machst du es nur schlimmer für mich, weil man auf solche Sprüche gar nicht reagieren soll, das wollen die doch nur. Man muss sich blind und taub stellen, dann wird es ihnen irgendwann schon langweilig. Und es stimmt, dass ich am Wochenende krank war, ich hab meine scheiß Tage gekriegt, und manchmal tut das so weh, dass ich den ganzen Tag im Bett liege und Schmerztabletten einwerfen muss.«

Das hat sie schon mal gesagt. Dass ihre Tage ätzend anstrengend sind. Vielleicht lügt sie ja doch nicht.

»Ich habe Schmerztabletten in meinem Spind«, sage ich.

»Ich hab selber welche dabei, aber danke.«

Wir schielen uns von der Seite an. Grinsen.

Und jetzt sehe ich, was anders ist.

Ihre Augen.

Sie sind erloschen.

DIE HURE BLÄST GUT

steht in großen, schwarzen Buchstaben auf ihrem hellgrünen Spind. Sie sagt nichts, reagiert kaum, schließt wortlos den Spind auf, nimmt heraus, was sie braucht, schließt wieder ab und geht. Ich bleibe stehen. Sehe überall stierende Augenpaare, einige bedröppelt, die meisten sensationslüstern. Vereinzelte Lacher sind zu hören.

Ingrid Bräck rauscht durch den Flur, wie üblich ganz in Grau, das grau melierte Haar zu einem Knoten hochgesteckt. Sie hat einen Stapel Bücher unter den Arm geklemmt. Als sie sieht, dass alle auf Glorias Spind starren, wandert ihr Blick verständlicherweise dorthin.

Sie schaut schnell wieder weg und rauscht weiter.

In dem Moment würde ich am liebsten die Schule in die Luft sprengen.

Erst zwei Tage später, als Gloria es dreimal hintereinander nicht schafft, über den Kasten zu springen und der Sportlehrer ihr für den Rest der Stunde frei gibt, weil sie überhaupt nicht mehr aufhört zu heulen, erfahre ich es.

»Das liegt nur an mir, weil ich so verdammt bescheuert bin«, schluchzt sie. Sie liegt auf einer Bank in der Umkleide. »Sie haben recht. Ich ziehe mich an wie eine Hure. Aber ich mag nun mal kurze Röcke. Bin ich deshalb eine Hure?«

»Du kannst so kurze Röcke tragen, wie du willst, deswegen hat noch lange keiner das Recht, dich Hure zu nennen«, sage ich. Ich sitze neben ihr auf der Bank und weiß nicht, ob ich sie berühren soll oder lieber nicht.

»Das ist alles meine Schuld, allein meine Schuld …«

Sie kratzt sich mit ihren langen Fingernägeln über die Unterarme. Ich versuche, sie davon abzubringen, aber sie hört nicht auf, reißt sich los, als ich ihre Hände festhalte, kratzt weiter.

Plötzlich wird sie ganz ruhig. Liegt da wie ein schlaffer Sack, die Arme hängen zu Boden.

»Ich ritze mich wieder«, sagt sie leise und sieht mich mit rot geweinten Augen an.

»Dann mach ich das auch«, sage ich.

»Nein, tust du nicht.«

»Doch, tu ich.«

»Scheiße, Jonna, Scheiße …«

Sie legt die Hände vors Gesicht. Ein Zucken geht durch ihren Körper, dann ist sie wieder still.

»Er hat sie auf Facebook hochgeladen.«

Sie sieht mich zwischen den Fingern hindurch an.

»Heute Morgen«, sagt sie. »Sie waren heute Morgen da. Alle in der Schule können sie sehen. Dabei hat er versprochen, dass er das nicht tun würde. Er hat gesagt … hat gesagt … dass … hätte ich doch nur … nur …«

ROBIN

Mir. Einen. Blasen.

Für diesen kleinen Dienst habe ich ihr versprochen, die Fotos nicht in Umlauf zu bringen, die sie mir für die Zusage meiner Freundschaft auf Facebook geschickt hat. Die sind nur für mich – Eeeehrenwort! Und die fette Kuh hat das tatsächlich geglaubt! Ist mir voll auf den Leim gegangen. Sie ist mit mir in Molles Zimmer gegangen, auf die Knie gesunken und hat mich angehimmelt. Und dann hat sie mir einen geblasen, als hätte sie nie was anderes gemacht. In einem ihrer früheren Leben muss sie Hure gewesen sein. Ich hab am Hinterkopf in ihre glänzend weichen Haare gepackt, die geile Hure. Ich weiß, dass es ihr gefallen hat. Auch, Zuschauer zu haben. Molle, Erik, Karro und Isabel waren nämlich dabei. Molle hat das Ganze mit dem Handy gefilmt. Demnächst ist das Video auf YouTube und Facebook zu sehen. Wir wollen der Welt ihr Schauspieltalent doch nicht vorenthalten. Vielleicht kriegt sie ja einen Oscar. Oder wenigstens eine LOLA.

Aber ich dürfte nicht zu sehen sein, meinte Molle.

Das könnte missverstanden werden.

Weil Mädels hinterher oft rumzetern und was von Übergriff und so weiter faseln, obwohl sie es vorher unbedingt wollten.

Wie Gloria. Sie hat regelrecht darum gebettelt.

Bitte, stell die Bilder nicht ins Netz. Bitte, Robin. Bitte!

Womit eigentlich gemeint ist: Bitte, stell die Bilder ins Netz.

Bitte, bitte, Robin! Das *nicht* war doch nur dabei, damit ich ihr sage, wie toll sie aussieht und dass man das der Welt doch nicht vorenthalten kann.

Sie hat ihre Rolle des Mädchens, das eigentlich will, obwohl sie das Gegenteil behauptet, echt überzeugend gespielt.

Dass sie Schauspielerin werden möchte, hat sie mir erzählt, als wir auf dem Sofa rumgeknutscht haben und sie mich mit ihren schmachtenden Augen angehimmelt hat, als hätte ich ihr einen Heiratsantrag gemacht. Sie ist in irgendeiner Theatergruppe, wo sie *Hamlet* und solchen überbewerteten Scheiß spielen. Wow, wie interessant, hab ich gesagt und ihre Brust geknetet. Sie hat rumgekichert und noch einen Schluck von dem Zeug getrunken, das Molle immer aus der gut gefüllten Bar seiner Eltern zusammenmischt.

Meine Eltern haben noch nicht mal eine Bar.

Meine Eltern halten mich für einen frommen, kleinen Jungen, der Pastor werden will, wenn er groß ist.

Erstens bin ich nicht fromm.

Zweitens bin ich nicht klein.

Drittens bin ich kein süßes, braves Jüngelchen, dem die Tanten in die Wange kneifen dürfen, ehe sie es mit harten englischen Fruchtbonbons mästen.

Viertens will ich nicht Pastor werden. Ich glaube nämlich nicht an Gott, finde Gottesdienste sterbenslangweilig und will (vor allen Dingen!) ums Verrecken nicht in Opas Fußstapfen treten.

Ich werde Rockstar und Fußballprofi. Man beachte bitte das *und*, nicht *oder*! Warum wählen? Leonardo da Vinci war auch alles Mögliche auf einmal, warum sollte ich das nicht auch können? Der Typ war echt richtig cool, auch wenn er in der Steinzeit gelebt hat.

Wenn ich mich für eine Person aus der Menschheitsgeschichte entscheiden müsste, die ich mit auf eine einsame Insel nehmen möchte, dann ihn.

Bräute?

No! Das wird völlig überschätzt.

»Hat irgendjemand Gloria gesehen?«

Frau Gestapo, wie wir unsere Deutschlehrerin nennen, lässt ihren Blick durch die Glasbausteinbrillengläser über unsere Gesichter schweifen. Sie zieht zum dritten Mal in fünf Minuten ihren Lippenstift nach.

Aus einer Ecke ist Kichern zu hören, das sich wie ein Lauffeuer ausbreitet. Es dürfte nicht sehr viele Schüler an der Schule geben, die Glorias Titten nicht gesehen haben. Mit ziemlicher Sicherheit auch die meisten Lehrer, aber noch halten sie die Klappe. Sie wollen sich nicht mit uns Schülern anlegen. Keiner will der Spießer sein, der den moralischen Zeigefinger erhebt: Pfui, pfui! Jeder Einzelne von ihnen hofft vermutlich, dass das ein Kollege übernimmt. Zum Beispiel die Rektorin. Die wiederum hofft auf den Schulpsychologen, der auf die Schulschwester hofft, die auf den Hausmeister hofft. Der hofft, dass die Lehrer ihren Job machen.

Isabel meldet sich.

»Ich habe heute Morgen eine SMS von ihr bekommen«, sagt sie. »Sie hat geschrieben, dass sie Kiefersperre hat und nicht kommen kann.«

»Kiefersperre?«, fragt Frau Gestapo. »Na, hoffentlich ist das nichts Ernstes … Aber … Warum lacht ihr? Ruhe jetzt! Schhh! Hört ihr, was ich sage? Schhhh! Sonst geht IHR ALLE GANZ SCHNELL EINE NOTE RUNTER!«

Es wird schlagartig mucksmäuschenstill. Bis einer einen fahren lässt.

»FREIHEIT! FREIHEIT! FREIHEIT!«

Ich, Molle und Erik stürmen grölend auf den Flur, rempeln uns an und führen einen Indianertanz auf, weil wir auch dieses Halbjahr überlebt haben.

»Liberté! Liberté! Liberté!«, schallt es aus der Französischklasse.

Ich, Molle und Erik verdrehen die Augen. Typisch diese Soft-Voltaires, die keine eigenen Ideen haben.

»Oh Mann, was für Loser!«, seufzt Karro hinter uns.

»Aber echt«, sagt Isabel.

»Seht euch Jonna an! Ohne Gloria sieht sie völlig lost aus.«

»So was von unselbstständig.«

»Mmh …«

»Tess ist genauso, ihr hättet sie mal heute Morgen erleben sollen, die reinste Klette. Sie rafft es einfach nicht. Viel Hirn scheint da nicht aktiviert zu sein.«

»Ein IQ von 0,5, dumm wie Brot.«

Ich finde Tess eigentlich ganz okay, auch wenn sie sich feige vor der Fete gedrückt hat, also drehe ich mich um und funkele Isabel und Karro an. Die beiden verstummen und starren mich wie zwei aufgescheuchte Vogeljunge mit offenen Mündern an (eine mit Zahnspange, die andere mit gepiercter Zunge – ob das wehtut, wenn man einen geblasen kriegt?).

»Der Hausmeister hat Glorias Spind gereinigt«, sage ich. »Kümmert euch darum.«

Sie nicken und grinsen nervös, fummeln an ihren Haaren. Ich lasse sie hinter mir zurück und gehe zwischen Molle und Erik weiter. Ich bin der King.

Ich stehe im Scheinwerferlicht und spiele ein Solo auf meiner E-Gitarre. Die Zuhörer sind in Ekstase, rufen meinen Namen, die Aula ist knackvoll, sie sind meiner Einladung in Facebook gefolgt und haben alle möglichen Freunde mitgebracht. Wenn nun noch der Kumpel eines Kumpels eines Kumpels einen Plattenproduzenten kennt, ist mein Glück perfekt. Ich hätte es echt verdient. Mehr als jeder andere an der Schule. Mehr als jeder andere in dieser Stadt.

Warum? Scheiß drauf. Jedenfalls nicht wegen meiner Noten, ha, ha.

»SEID IHR BEI MIR, FUCKING BASTARDS?«, brülle ich.

»WIR SIND BEI DIR!«, antworten die Zuhörer brüllend.

Ich lasse die Gitarre los, recke die Arme in die Luft, die Hände zu Fäusten geballt, und nehme den ohrenbetäubenden Jubel entgegen.

Nach einer Weile hauche ich ins Mikro:

»Schhh, schhh ...«

Das Stimmengewirr wird leiser, leiser. Stille. Bis auf Pontus' leisen Trommelwirbel im Hintergrund.

Alle Scheinwerfer werden gelöscht bis auf einen, der mein Gesicht anstrahlt.

»Der nächste Song ist für dich, Gloria«, sage ich mit Samtstimme.

Wir spielen die ersten Takte von *Glorious*. Es wird gejohlt, getanzt, geklatscht, leuchtende Handydisplays schwingen durch die Luft, das sind emotions pur, ich kriege eine Gänsehaut.

Ich glaube nicht, dass Gloria da ist, sie ist ja nicht mal zum

Schulabschluss gekommen. Ist auch besser so, sie nervt, die fette Kuh.

Ich trete an den Bühnenrand, beuge mich vor und berühre die mir entgegengestreckten Hände.

Plötzlich packt mich wer am Handgelenk und drückt mir seine Fingernägel ins Fleisch. Ich ziehe die Hand weg und starre den Idioten an.

Jonna!

Sie funkelt mich mit schwarzen Augen an und zeigt mir den Mittelfinger. Und ich hab sie immer für eine Memme gehalten. Sie kann mich mal.

Ich gehe zurück zur Bühnenmitte. Die Scheinwerfer sind wieder eingeschaltet. *Glorious* verebbt, aber *The show must go on*.

Tausend Lichter werden entzündet, aber ich verlösche, wie immer, wenn *Er* kommt, und damit meine ich nicht den frisch geborenen Jesus, den eine Sechzehnjährige vor zweitausend Jahren in einem Stall aus sich rausgepresst hat. Nein, ich rede von Großvater.

Er heißt Werner, ein siebzigjähriger Greis, der Haare in den Nasenlöchern und Ohren züchtet, der lispelt und schmatzt und rumprahlt und am Esstisch immer neben mir sitzen will, weil wir beide Fußballspieler sind, wie er meint, und weil es für meine Karriere wichtig ist, sein Technik- und Taktikwissen aufzusaugen.

Er hat vor fünfzig Jahren in der zweiten Liga gespielt, Linksaußen, ein begnadeter Torschütze, wenn man ihm glauben will.

»Du bist seit unserem letzten Treffen gewachsen!«, krächzt er und umarmt mich etwas zu fest, etwas zu lange.

Du auch, würde ich am liebsten antworten mit Blick auf seinen Schmerbauch, der fast so dick ist wie Tante Annas, und die ist im siebten Monat schwanger.

Aber ich halte die Klappe. Sauer ist er noch schwerer zu ertragen und lässt zur Strafe womöglich Feuer vom Himmel regnen. Er ist schließlich Pastor, und auch wenn er pensioniert ist, ist er ganz eng mit Gott. (Achtung! Ironie!)

Tante Anna war übrigens gestern zu Besuch, mit ihrem Mann, ihrem zweijährigen Sohn und dem Zwerg im Bauch. Großvater und sie feiern nicht mehr gemeinsam Weihnachten. Er verbittet sich, ihren Namen in seiner Gegenwart zu nennen.

Ich war fünf, als Oma gestorben ist. Das Einzige, woran ich mich erinnere, sind ihre faltigen, weichen Hände und das dichte, weiße Haar.

Sie ist vom Dach gestürzt. Keiner weiß, was sie da oben zu suchen hatte. Es war natürlich ein Unfall.

Natürlich?

Eine halbe Stunde nach Großvaters Ankunft schlägt mein Bruder Peter mit seiner Frau auf, die auch schwanger ist, allerdings erst im dritten Monat. Peter ist sechsundzwanzig und der älteste von uns vieren. Er arbeitet beim Bau und will ein eigenes Haus, einen Volvo, 2,3 Kinder und einen Hund. Er zahlt seit seinem einundzwanzigsten Lebensjahr in die Rentenversicherung ein und rasiert sich mit Gillette-Klingen. Er ist Sozi und liest Guillou und Automagazine. Viel mehr gibt es über ihn nicht zu sagen.

Isak kommt mit seiner Freundin. Er ist dreiundzwanzig, lebt in Falun und hat gerade sein Examen als Werklehrer gemacht. Seine Freundin ist Handarbeitslehrerin. Die beiden sind echt strange – wer geht schon freiwillig zurück in die Schule, die man grade glücklich hinter sich gelassen hat?! Die beiden gehören irgend so einer Hallelujakirche an, die selbst Mama und Papa zu extrem finden. Isak ist Meister des Zungenredens, aber ich weiß, dass er sich das nur ausdenkt, was er natürlich entschieden leugnen würde, wenn ich ihm das ins Gesicht sage.

Christoffer kommt über Weihnachten nicht nach Hause, er leistet freiwilligen Wehrdienst in Luleå und würde es kaum hierherschaffen, ehe er schon wieder zurückmüsste.

Er ist zwanzig und will zu den Blauhelmen, um die Welt zu retten und andere Kleinigkeiten.

Ich bin mit fünfzehn der Jüngste, das Nesthäkchen.

Großvaters Liebling.

Wir sind um den großen Weihnachtstisch versammelt. Mama hat wie üblich für eine ganze Kompanie gekocht und wird sich wie jedes Jahr wundern, dass so viel übrig bleibt.

Großvater spricht das Tischgebet, ich murmele mit und will auch nach Luleå.

»Amen«, beschließt Großvater das Gebet und wir schaufeln den Überfluss in uns hinein und reden durcheinander, wie immer.

Ich zerknacke eine Drillingsnuss zwischen den Zähnen und merke erste Anzeichen von SMS-Abstinenz. Weihnachten ist ein Fest der Familie und Zeit füreinander, an dem jede Form von Technik verboten ist, sogar der Fernseher, weil Fernsehen in Großvaters Augen verdummend ist, Champions League und Sonntagsgottesdienst ausgenommen.

Ich verdrücke mich irgendwann mit der Begründung, dass ich auf die Toilette muss, um meine SMS zu prüfen.

Ich habe eine Reihe Mitteilungen von einer unbekannten Nummer bekommen.

Ich weiß, was bei dem Fest passiert ist.
Du magst auch Banane, oder?
Weißt du, was sie mit Leuten wie dir im Knast machen?
Deine Eltern sind sicher stolz auf dich, wenn sie es erfahren.

Ich bin in deiner Nähe.
Ich sehe dich.
Hure!
Ich komme bald.
Frohe Weihnachten, bitch!!!

Mit schwitzigen, zittrigen Fingern rufe ich den Absender zurück. Bestimmt sind das Erik oder Molle, die witzig sein wollen. Die beiden haben echt einen kranken Humor, Vollhirnis, denen werde ich was husten.

Keiner von beiden antwortet. Ihre Handys sind ausgeschaltet.

Ich gehe ins Netz und suche auf Eniro nach der Nummer.

KEIN ABONNENT.

Es klopft an der Tür. Ich spüle schnell, schalte das Handy aus und schiebe es in die Socke. Als ich die Tür aufmache, steht Peter davor und mustert mich aufmerksam.

»Alles in Ordnung bei dir?«, fragt er.

»Klar. Was sollte sein?«, sage ich mit gequetschter Stimme.

Er grinst mich an.

»Aha«, sagt er und schlägt mir freundschaftlich auf die Schulter. »Verstehe. Ein Mädchen?«

»Geht dich gar nichts an!«, raunze ich und laufe die Treppe hoch in mein Zimmer.

Ich schließe hinter mir ab und stelle einen Stuhl unter die Türklinke. Sicherheitshalber schiebe ich auch noch die Kommode davor.

Es dauert nicht lange, bis Papa an die Tür klopft.

»Mir ist schlecht«, sage ich, ohne aufzumachen. »Ich glaube, ich hab mir den Magen verdorben.«

»Deswegen musst du doch nicht abschließen«, sagt er.

»Lass mich einfach in Frieden.«

»Robin, es ist Weihnachten und …«

»Willst du vielleicht, dass ich das ganze Wohnzimmer vollkotze?«

Stille. Zögern. Dann entfernen sich seine Schritte.

Ich krieche unter meine Decke, mache die Augen zu, schlafe ein, träume von Oma.

Sie steht auf dem Dach, das Gesicht der Sonne zugewandt, die Arme seitwärts ausgestreckt, als wollte sie die Luft umarmen – und springt.

CRASHHHH!

Ich fahre mit einem Ruck hoch, schlagartig hellwach. Was war das? Ich schwinge die Beine über die Bettkante und stehe auf. Brülle vor Schmerz, als sich etwas Spitzes in meine Fußsohle bohrt. Vom Fenster zieht es kalt herüber und Fensterbrett, Schreibtisch und Boden sind mit Glassplittern übersät.

Jemand hat einen Stein durchs Fenster geworfen.

Ich gehe zum Fenster, ignoriere die Glassplitter, der Schmerz ist fast wohltuend.

Da draußen im Dunkeln steht jemand, ich sehe die Atemwolke, und beobachtet mich.

»Robin, was ist da los?«

Mamas Stimme. Sie ruckelt an der Türklinke.

»Robin, mach sofort auf!«

Die Gestalt im Dunkeln entfernt sich, wird ein immer kleiner werdender Punkt in der schneeweißen Nacht.

Ich stütze mich mit beiden Händen auf dem Schreibtisch ab und drücke sie so fest herunter, wie ich kann. Glas bohrt sich in die Haut.

Ich bin schon ein bisschen psycho.

Am ersten Weihnachtstag muss ich mit in den Frühgottesdienst, trotz meiner Proteste, dass mein Magen immer noch rumort. Und außerdem bin ich leicht traumatisiert, weil jemand einen Stein in mein Fenster geworfen hat. Aber das interessiert keine Sau. Also sitze ich um 05:00 in einer der vorderen Bankreihen und lasse das Läuten, die Orgelei, die Lieder, die Bibellesungen und die Predigt über mich ergehen.

Als ich noch klein war, hat mir das gut gefallen. Ich hab nicht weiter darüber nachgedacht, dass sich alles um Gott dreht. Die brennenden Kerzen und Mama und Papa links und rechts von mir, das war so schön heimelig. Vielleicht habe ich auch auf ihrem Schoß gesessen.

Dann ist etwas passiert, das alles verändert hat.

Was passiert ist?

Ich wurde größer, älter. Wurde ein Teenager. Und wer mag schon Teenager?

Die meisten Menschen wünschen sich süße Babys, die sie stolz in der Familie und bei Freunden vorzeigen, weil sie glauben, durch die Weitergabe ihrer Gene unsterblich zu werden.

Nur zur Information: Süße Babys werden größer und zu hormongesteuerten Jugendlichen, die, ohne mit der Wimper zu zucken, ihre bucklige Verwandtschaft auf den Mond schießen würden. Ohne Rückfahrticket. Und das mit dem Weitergeben von Genen ist sowieso völliger Schwachsinn, weil wir in hundert Jahren oder so den Planeten plattgemacht haben, und was nützt einem dann noch das Gen »goldlockiges Haar«, hä?

Ich hatte als kleines Kind Locken. Blond, aber nicht golden. Mama hat mich trotzdem Goldlöckchen genannt, und ich hab sie gelassen, weil mein Geschmack zu der Zeit noch nicht sehr ausgeprägt war. Goldlöckchen klang irgendwie nett, auch wenn goldene Locken eigentlich nur Spießer und Loser haben.

Nachdem Mama gerafft hatte, was mit meinem Fenster passiert war, wurde sie total hysterisch und wollte sofort die Polizei rufen. Am Ende hat nur geholfen, dass Papa sie angeschrien hat, sie solle sich beruhigen und eine Schlaftablette nehmen, er würde sich schon um die Sache kümmern. Sie hauchte ein Dankeschön und verschwand.

Papa hat eine Sperrholzplatte aus der Garage geholt, die wir mit vereinten Kräften vor das Fenster genagelt haben. Nachdem er Fotos für die Versicherung gemacht hatte.

Großvater stand auf der Türschwelle und sah uns bei der Arbeit zu. Ich hielt den Hammer umklammert und fragte mich, ob er wusste, was ich gerade dachte.

Ich habe in der Nacht kein Auge mehr zugemacht. Vom Fenster zog es eisig trotz der Sperrholzplatte und beim geringsten Geräusch bin ich zusammengezuckt.

Mindestens einmal habe ich jemand an der Türklinke rütteln hören.

Ich habe den Hammer nicht zurück in die Garage gebracht, wie Papa es mir aufgetragen hat.

Später am Tag, als alle außer mir einen Spaziergang machen, gehe ich zu der Stelle, wo der Steinewerfer gestanden hat.

Ich habe niemandem erzählt, was ich gesehen habe.

Ich will das Dunkelwesen für mich behalten. Keine Ahnung, warum, es ist einfach so.

Ich gehe in die Hocke und untersuche die deutlichen Fußabdrücke. Es hat nicht geschneit heute Nacht und jetzt ist es windstill.

Schuhgröße 37, schätze ich.

Gloria? Würde sie sich das trauen? Das wäre ja fast schon wieder cool. Eine fette Hure, aber eine coole, fette Hure.

In meiner Jackentasche piepst es. Ich habe eine SMS bekommen.

Von meinem persönlichen Terroristen.

Gratulation – du hast es in den Fortgeschrittenenkurs für Blastechniken geschafft!

Ich lösche die Nachricht. Da kommt auch schon die nächste. Die ich ebenfalls lösche. Es piepst. Ich schalte das Handy ab.

»Idiot«, brumme ich und schaue mich um, zertrampele wütend die Schuhabdrücke und begebe mich wieder nach drinnen.

Ich schließe meine Tür ab und logge mich mit einer meiner fünf Identitäten bei Facebook ein (Buzz97 – die anderen vier sind Acon-Bacon, Struten, No-thanks-to-Jesus und Casanova junior).

Und ich gründe die Gruppe *Hass die Hure*, wo ich die Fotos einer obenrum entblößten Gloria und den Blasfilm von dem Fest einstelle.

Dann lade ich meine vier anderen Identitäten ein, die alle

die Mitgliedschaft bestätigen und ihre Likes schicken, weil sie es natürlich gut finden, eine Hure zu hassen. Wer nicht?

Danach laden meine fünf Identitäten ihre Freunde ein, und es dauert nicht lange, ehe die ersten Zusagen eintrudeln.

Mögt mich!, bettelt die Hure.

Ihr Wunsch geht in Erfüllung. Alle Daumen nach oben.

Ich sollte zufrieden sein. Warum bin ich nicht zufrieden? Ach ja, da war doch was. Ich bin psychisch gestört. Und Großvater ist immer noch nicht nach Hause gefahren.

Die RUHE ist alles andere als ruhig. Die große Turnhalle quillt über von den gefühlten tausend Mannschaften und Fans. Turnschuhsohlen quietschen, Schiedsrichter blasen ihre Trillerpfeifen, Trainer brüllen, Eltern brüllen, kuchenbackende Mütter (es gibt auch ein paar kuchenbackende Väter) sind vor Ort und über allem schwebt ein leichter Schweißgeruch.

Das Dreikönigsturnier läuft jetzt den dritten Tag. Wir haben das Halbfinale erreicht. Die Mädchenmannschaft ebenfalls. Nicht dass mich das wirklich interessiert, das ist kein richtiger Fußball, was die spielen, aber es ist nice, im gleichen Bus wie sie zwischen Borlänge und Falun zu pendeln, einige sehen echt gut aus, auch wenn sie laut und unerträglich albern sind.

» … ich will ja nichts sagen, aber zwischendurch denk ich, dass wir vielleicht doch Scheiße gebaut haben, weißt du, was ich meine?«

Erik dehnt sich neben mir, seine Waden sind ganz knubbelig und er ist getaped. Seine Aufgabe als Mittelfeldstürmer ist es, jeden Gegenspieler wegzurempeln, den er erwischen kann, zu Boden zu gehen und Freistöße und Ecken rauszuhauen, wenn's ganz gut läuft, auch mal einen Elfmeter.

»So ungefähr wie nach einer durchsoffenen Nacht am Arsch der Welt neben einem Typen im rosa Strampler aufzuwachen, der mit offenem, zahnlosen Mund schnarcht, das Gebiss in einem Wasserglas auf dem Nachtschrank …«

»Jetzt chill mal!«, sage ich. »Das hört sich an, als hättest du noch nie einen Filmriss gehabt.«

Erik schüttelt den Pony aus der Stirn und nimmt sich die andere Wade vor.

»Quatsch, klar hat man schon Filmrisse gehabt«, sagt er grinsend.

»*Ich*«, sage ich.

»Was?«

»Das heißt: Klar hatte *ich* schon Filmrisse, zumindest wenn du von dir und nicht von irgendeinem wildfremden Menschen redest. Merk dir das endlich mal, sonst fällst du bei Bräck durch.«

»Ich scheiß auf Bräck.«

»Das solltest du erst tun, wenn sie keine Macht mehr über dich hat.«

»Shit, bist du vernünftig.«

»Weil ich meine Hirnzellen Silvester nicht weggesoffen habe.«

»Weil du dich feige gedrückt hast. Aber wenigstens auf Molle kann ich mich verlassen, der ist ein Fass ohne Boden, wenn er mal angefangen hat. Bestimmt endet er als Alkoholiker.«

Molle spielt auch in der Mannschaft, hat aber nicht mehr so die rechte Lust, weil er bei Spielen immer auf der Ersatzbank sitzt. Er hat sich telefonisch mit Grippe entschuldigt, hörte sich aber für 40 Grad Fieber und verschnieften Kopf ziemlich fit an.

»Sein Alter ist Alkoholiker«, sage ich.

»Was?«, fragt Erik. »Echt?«

»Echt.«

Erik schweigt. Wusste er das wirklich nicht?

»Aber die Fete war schon geil, oder?«

Würde ich jetzt sagen, dass das die größte Loserparty des Jahrhunderts war, würde er seine Meinung ändern.

»Ganz okay«, sage ich.

»Genau, okay«, stimmt er mir zu.

»Eben hast du doch noch gesagt, du würdest dich an nichts erinnern.«

Er kratzt sich nervös an der Stirn, skalpiert einen Pickel, der anfängt zu bluten.

»Na ja, also ...«, sagt er und starrt auf seine blutige Fingerkuppe. »An ein paar Sachen erinner ich mich schon.«

»Zum Beispiel, dass du die Nacht in einer Ausnüchterungszelle verbracht hast?«

»Ähm ... Genau, das war ... Hab ich das wirklich?«

»Ha, ha, ha! Reingefallen! Ha, ha, ha!«

Er funkelt mich wütend an und schubst mich. Ich schubse zurück. Er knurrt, täuscht einen Schlag an und nimmt mich in den Schwitzkasten. Ich boxe mit geballten Fäusten gegen seine Rippen.

»Robin! Erik! Aufhören!«

Unser Trainer, der Mönch, unterbricht unsere Prügelei und winkt uns zu sich.

Wir joggen zu unserer Mannschaft, die sich im Kreis um den Mönch aufgestellt hat. Er ist ein rundlicher Mittfünfziger mit einem dünnen Schnurbart, der wie mit dem Filzstift aufgemalt aussieht. Wegen der kahlen Stelle mitten auf seinem Schädel wird er der Mönch genannt.

»Okay, Jungs, ihr wisst, worauf es ankommt?«, brüllt er und sieht uns scharf an.

»Ihnen die Scheiße aus dem Leib kicken!«, rufen wir einstimmig.

»Kein Schlendrian! Immer voll nach vorn. Füttert Robin mit langen Pässen. Und ihr zwei lasst die Neun keine Sekunde in Ruhe.«

Er zeigt auf Anton und Jerka. Sie gehen auch auf unsere Schule, Anton in meine Klasse, Jerka in die 9A. Sie nicken. Der Mönch brüllt noch ein bisschen rum, dann wird das Spiel angepfiffen.

Nach zehn Minuten dresche ich den ersten Ball ins Netz. Den nächsten in der 54. Minute. Wir gewinnen 4:1.

Hinterher in der Umkleide werde ich zum besten Spieler der Mannschaft ernannt, Fredde zum schlechtesten, was heißt, dass er die Dreckwäsche von allen mit nach Hause nehmen muss. Der Mönch gelobt, sich den Schnurbart abzurasieren, wenn wir das Finale gewinnen.

Was starrt Jerka mich so blöd an?

Ich trockne mich nach dem Duschen ab, und er glotzt, als hätte er mich noch nie gesehen.

»Was ist?«, sage ich, als er nicht aufhört zu glotzen.

Er grinst dämlich und wendet sich ab. Flüstert Anton was zu, der lacht und sich Deo unter die Arme sprüht. Sie winken Erik zu sich und beugen sich über etwas, das ich nicht sehen kann. Ich bewerfe Fredde mit meinem durchgeschwitzten Trikot, nehme meine Tasche, verlasse den Umkleideraum, setze mich auf eine Bank und beobachte ein paar Mädels, die den Ball zwischen sich hin- und herkicken, trinke einen Isodrink und esse einen Schokokeks, hoffe, dass es zu Hause was Ordentliches gibt.

Das Handy vibriert in meiner Tasche.

Ich habe drei neue Mitteilungen von meinem neuen Fan bekommen.

Alle mit einem Foto meiner Arschritze. Auf der einen Pobacke leuchtet ein roter Pickel. Ich erinnere mich vage, dass einer der gegnerischen Abwehrspieler an meiner Shorts gezogen hat, als ich an ihm vorbeigedribbelt bin. Ich hab mich langgelegt und bin mit der Nase auf dem Boden gelandet. Den Augenblick muss mein persönlicher Stalker genutzt haben, um meinen nackten Arsch abzulichten.

Ich traue mich kaum, mich umzusehen, tue es aber trotzdem. Mein Stalker muss vor kurzem noch hier gewesen sein oder ist es immer noch!

Aus der Umkleide ist lautes Lachen zu hören.

Ich lösche die Mitteilung und tue so, als wäre nichts passiert.

143 Usern gefällt meine Arschritze. Das weiß ich, weil jemand (vermutlich mein Stalker) eine Facebookgruppe mit dem Titel *Hass die Hure 2* und meiner Arschritze als Profilbild gegründet hat.

Ich gucke mir genauer an, wem das gefallen hat. Mehrere aus der Mannschaft und ein Teil Leute, die ich aus der Schule kenne, aber die meisten sind mir unbekannt.

Eine der Unbekannten, Ebba Malm, hat einen weiteren Link eingestellt:

jaxchatt/erwachsenenfreiezone/hassdiehure.nu

Ich klicke den Link mit dem Zeigefinger an, den ich am liebsten in eine Pistole verwandeln würde, mit der ich Ebba Malms dämliches Hirn wegblase.

ich dachte immer, sportler hätten schöne ärsche
/lady in blue

pickeliger negerarsch! /das Blatt

guckt euch lieber meinen geilen Arsch an /asshole

die pickel seh ich, aber wo ist der Neger? /lady in blue

Er ist immer braun gebrannt, weil er bei der arbeit seines alten umsonst ins solarium gehen kann. Da wimmelt es nur so von bakterien. bestimmt hat er herpes und aids. und er ist ein spanner. nehmt euch in der umkleide vor ihm in acht. seine familie ist hyperchristlich, da wird man wahrscheinlich extraschwul, weil es verboten ist. /das Blatt

wer will, dass robin an aids stirbt? /asshole

Aids ist ein Virus, der übers blut übertragen wird, nicht durch bakterien! /Ninna ninna

Ich fand robin als fußballer und rocksänger schon immer mies. /das Blatt

Denkt von euch auch manchmal jemand an Selbstmord? Ich ziemlich häufig. Kann mir jemand Tipps für Pillen geben, die sicher wirken, ohne dass man leiden muss? Ich will eine Garantie, dass ich sterbe und kein weichgekochtes Gemüse werde. /Knubbel

vögel doch mit Robin, dann kriegst du aids und kannst mit ihm zusammen vermodern /asshole

Shit, ihr seid doch alle krank im Kopf. /Sucker for love

was ist daran auszusetzen, krank im kopf zu sein? /Stolzer Geisteskranker

Ich fand Robin super beim Schulabschluss. Sein Song für Gloria war cool. Noch cooler wärs gewesen, wenn sie auf die Bühne gekommen wäre. Ich mag sie und finde blöd, was ihr schreibt. Ich finde die Hass die Hure-Gruppen blöd. Ich bin dafür, sie zu schließen. Solchen wie euch sollte man das Internet verbieten. /Friedenstaube

Du findest ja eine Menge. /Stolzer Geisteskranker

Ja, und das werde ich auch beibehalten, weil man die Leute nicht jeden Scheiß schreiben lassen kann, ohne zu reagieren. Wenn keiner mehr reagiert, stirbt die gesellschaftliche Debatte und dann gewinnt nur noch der Stärkere und das ist nicht gut, weil es die Schwachen auch geben muss. /Friedenstaube

interessant! das musst du genauer erklären! /Stolzer Geisteskranker

Man braucht Gegensätze. Ohne schwache Menschen gibt es keine starken Menschen. Verstehst du? Ohne Wärme keine Kälte. Ohne Hass keine Liebe. Undsoweiter. /Friedenstaube

Gloria war noch nicht mal bei dem Konzert. Wahrscheinlich hat sie zu Hause Händchen mit Mama gehalten und ihr gesagt, dass das mit dem Blaskonzert bei der Luciafeier gar nicht stimmt. Dabei wollte sie es selber. Sie ist voll die Hure und macht für jeden die Beine breit. Selbst Leonard hat sie angebaggert, als wir bei ihm gesungen haben. Bestimmt feiern sie, Leonard und Leonards Typ Orgien zusammen. /ein Zeuge

Deiner Meinung. Gloria ist eine Hure. Robin ist in Ordnung, das sind nur Lügen, die über ihn verbreitet werden. Er hat einen knackigen Arsch. Und ich bin nicht schwul. /Robin for president

Ich auch. /ein Zeuge

Ich stimme für Gloria. /das Blatt

danke, endlich weiß ich, warum ich hässlich sein muss, weil sonst niemand hübsch sein könnte /Stolzer Geisteskranker

Ich finde dich nicht hässlich. /Friedenstaube

Loggt euch bei FB ein und vergebt Likes an denjenigen, den ihr am meisten hasst! /ein Zeuge

Kann man noch irgendwo anders abstimmen als bei FB, ich würde gerne anonym bleiben. /Teenie-Hexe

Man kann bei FB auch anonym abstimmen. Man richtet sich einfach eine hotmail-Adresse ein, z. B. Ente19!@hotmail.se und wählt einen Namen, der mit der Adresse verbunden ist, vorschlagsweise Ente19, und dann lädt man ein Bild hoch, vorschlagsweise eins von einer Ente, und schon hat man eine neue Identität. /Anno Nym

Ich stimme für Gloria, weil sie ein Mädchen ist und ich Mädchen mag. /Sapfo 2.0

Ich dachte, man hasst den, für den man stimmt? /lady in blue

Wenn du für Robin stimmst, willst du, dass Hass die Hure 1 (Gloria) mehr Likes kriegt als Hass die Hure 2 (Robin). /Robin for president

Hass die Schlampe! /das Blatt

Hass das Blatt! /Sapfo 2.0

Und was passiert dann mit dem Meistgehassten? /Teenie-Hexe

Es gib doch bestimmt Seiten mit Folter-Tipps! /ein Zeuge

Ich werde diesen Chat beim Gewaltbeauftragten anzeigen. /Sucker for love

Stolzer Geisteskranker – bist du noch da? Ich würde unsere Gegensatzdiskussion gerne weiterführen. /Friedenstaube

Es gibt keinen Gewaltbeauftragten, meinst du vielleicht Kinderbeauftragter oder Diskriminierungsbeauftragter? /Ninna ninna

Aktueller Stand:
Hass die Hure 1: 219 Likes
Hass die Hure 2: 154 Likes
/ein Zeuge

Ich logge mich wieder bei Facebook ein, um festzustellen, dass es stimmt. Die Anzahl der Leute, denen es gefällt, mich zu hassen, hat in dieser kurzen Zeit um elf hochgestreckte Daumen zugelegt.

Ich liege auf dem Boden und verstehe die Welt nicht mehr.

Ich starre an die Decke, sehe Risse, die vorher nicht dort gewesen sind.

Das Telefon klingelt ununterbrochen, Mama klopft an meine Tür, Papa hämmert mit der Faust dagegen.

»Der Mönch will mit dir sprechen«, sagen sie.

Ich drehe mich auf den Bauch und bohre das Gesicht in den Teppich, atme so viele Staubkörner und Amöben ein, wie ich nur kann, um meine Luftröhre zu verstopfen.

Ich verschlafe das Finale, wache mitten in der Nacht auf, spiele Computerspiele, töte, töte, töte.

Am Morgen schlafe ich wieder ein, verschlafe den ganzen Tag, ignoriere Mama und Papa, die reinkommen und versuchen, mich wachzurütteln, wissen wollen, was in mich gefahren ist.

Am Abend stehe ich auf und spiele wieder Computerspiele, Stunde um Stunde um Stunde. Zwischendurch kommt Papa ins Zimmer und brüllt mich an, dass ich mich zusammenreißen soll, aber ich scheiß auf ihn, scheiß auf alles.

Am Ende nimmt er mir den Laptop weg.

Danach ist es still und leer.

In meinem Kopf flattert etwas.

Es ist spitz. Und schwarz. Das Flattern.

Ich bin die ganze Nacht wach, surfe und spiele auf meinem Handy. Gegen halb sieben schlafe ich ein und träume, dass ich nackt vor der ganzen Schule Eigentore schieße.

Um halb zehn weckt Mama mich mit der Aufforderung, mit in die Kirche zu gehen. Ich rede mich mit Kopfschmerzen und Übelkeit raus, die ihrer Meinung nach nur davon kommen, dass ich seit Tagen nicht mehr an die frische Luft gegangen bin. Aber ich bleibe stur, und irgendwann gibt sie es auf, tätschelt mir die Wange und sagt, dass sie mich liebt.

Sobald sie weg sind, simse ich Molle, ob er wieder gesund ist und Lust hat, vorbeizukommen.

Wieder okay, aber 3 kg abgenommen. Sehe aus wie ein Zahnstocher. Fange mit Anabolika an. Weiß nicht, ob ich kommen kann. M

Ich besorg Chips, was zu trinken und einen Film. Wenn du spielen willst, musst du deinen Laptop mitbringen, Papa hat meinen konfisziert. R

Bist du schwul? M

Natürlich nicht! Da will mir irgendein Arschloch eins auswischen. Wie kommst du darauf? R

Man wird ja wohl noch fragen dürfen, aber okay, glaube dir. M

Mit Erik gesprochen? R

Er sagt, du hättest ihn ein paar Mal in der Dusche verdächtig angestarrt M

Hab ich gar nicht, hat er sie noch alle. Man schwärzt doch einen Freund nicht an, bloß weil irgendwer irgendwas behauptet! R

Noch da? R

Ja, muss aber aufhören. Komme vielleicht später vorbei. M

Nach einer knappen Stunde klingelt es an der Haustür. Ich freu mich riesig und laufe runter, um aufzumachen.

»Oh, hallo«, sage ich und meine Freude sackt in den Keller.

»Hallo«, sagt der Mönch und bohrt seinen stahlblauen Blick in mich. »Wollte nur mal schauen, wie es dir geht.«

»Alles in Ordnung. Hatte Magen-Darm und konnte nicht ans Telefon, als Sie angerufen haben. Sorry.«

Er sagt nichts.

»Hab gehört, dass wir verloren haben«, nuschele ich.

»1:2«, sagt er. »Mit dir hätten wir gewonnen.«

»Quatsch …«

»Warum sagst du das? Sonst fehlt es dir doch nicht an Selbstbewusstsein. Was ist passiert? Kann ich übrigens reinkommen?«

Ich nicke. Er zieht die Tür hinter sich ins Schloss. Seine Brillengläser beschlagen. Er putzt sie mit dem Jackenärmel.

Wir gehen in die Küche. Er will nur Wasser, trinkt aber nichts.

»Du weißt, dass ich große Stücke auf dich halte?«, fragt er nach einer Weile.

»Mmh …«

»Du bist sehr talentiert, schnell und technisch begabt, denkst mit. Aber man muss seinen Kopf auch noch auf andere Weise nutzen. Es braucht Ausdauer, auch bei Gegenwind weiterzumachen. Verstehst du, was ich meine?«

»Ich glaube schon.«

»Ich weiß nicht, was zwischen euch Jungs in der Mannschaft los ist, ich weiß nur, dass du keinen Respekt von ihnen erwarten kannst, wenn du dich verkrümelst, sobald mal ein paar scharfe Worte in der Umkleidekabine fallen.«

»Ich war krank ...«

»Robin, ich bin nicht dumm, bloß weil ich ein paar Jahre auf dem Buckel und eine Mönchstonsur auf dem Kopf hab. Ich merke, wenn jemand nicht die Wahrheit sagt, und genau das Gefühl habe ich jetzt.«

»Okay, ich lüge! Sind Sie jetzt zufrieden? Sie haben Bilder von mir ins Netz gestellt und behaupten, ich wäre schwul. Ich bin nicht schwul!«

»Das ist nichts, wofür man sich schämen muss.«

»Aber ich bin nicht ...«

»Ist ja gut, ich glaub dir. Setz dich!«

»Keine Lust.«

Ich setze mich.

»Ich hab mich einem Mädchen an der Schule gegenüber mies verhalten«, sage ich.

Er nickt.

»Und möglicherweise rächt sie sich jetzt an mir, indem sie diese Lügen über mich verbreitet. Ich bin nicht sicher, ob es so ist, vermute es aber, habe es irgendwie im Gefühl. Und obwohl sie alles Recht hat, so zu handeln, ist es trotzdem ungerecht, weil ich ... ich ... Ich wollte nicht, dass es ihr schlecht geht und so, dachte einfach, dass sie ein bisschen Spaß haben wollte und … Ich meine, wir waren beide betrunken, und da gilt es irgendwie nicht, wenn man Scheiß baut, finde ich jedenfalls.«

»Robin, was hast du getan?«

Ich antworte nicht, kaue auf einem Fingernagel, spucke den Schnipsel aus, will, dass er geht, will, dass er bleibt.

»Du kannst es mir erzählen, ich werde mit niemandem darüber reden, wenn du es nicht willst«, sagt er.

»Ich mag jetzt nicht mehr sagen«, sage ich.

Er erhebt sich mit einem Seufzer, klopft mir auf die Schulter und geht in den Flur. Öffnet die Tür. Sieht mich besorgt an.

»Du kannst mich jederzeit anrufen«, sagt er. »Um über diese Sache oder was anderes zu reden. Und ich hoffe, dass ich dich beim nächsten Training sehe.«

Die Tür fällt zu. Ich setze mich auf den Boden und flenne wie ein Mädchen. Vielleicht sollte ich mir die Arme aufritzen, das machen Mädchen, wenn sie sich umbringen wollen. Außer Oma, die ist gesprungen. Das wäre auch eine Alternative.

Ein Kilo Gel im Haar und in Dr. Martens-Stiefeln, Nudie-Jeans, T-Shirt mit Totenkopfaufdruck, silbergrauem Kapuzenshirt und der schwarzen Bomberjacke, die ich zu Weihnachten bekommen habe, schwinge ich mir den Rucksack auf die Schulter und verabschiede mich.

»Hast du eine Mütze und Handschuhe…«, höre ich Mama hinter mir herrufen, als ich die Tür zuknalle.

Nein, habe ich nicht, das hat man nicht, wenn man cool und tough sein will. Und das bin ich. Tough. Cool. Der King. So jedenfalls sollte ich auftreten, wenn ich in die Schule komme. Wenn mir das gelingt, fühle ich mich vielleicht tatsächlich tough und cool, obwohl ich mir im Moment noch genauso weinerlich und memmig vorkomme wie gestern.

Ich habe mich nicht umgebracht. Hab mir zwar ein Fleischmesser gegen das Handgelenk gedrückt, aber nur einen kurzen Augenblick bis zur nächsten Heulattacke. Da habe ich das Messer zurück in die Schublade gelegt und erst mal einen halben Rührkuchen in mich reingestopft.

Ich schwinge mich auf mein Moped und fahre los. Bereue nach einer Sekunde, dass ich bei den herrschenden Eiszeittemperaturen keine Mütze und Handschuhe mitgenommen habe.

An der Bushaltestelle am Kviddas väg sehe ich Erik, der sich vor Kälte schlotternd mit Filip aus der 9A unterhält, der eine Weile in der Mannschaft mitgespielt hat, dann aber abgesprungen ist, um Hockey zu trainieren.

Ich fahre zu ihnen, mache eine schöne Vollbremsung mit halber Umdrehung, grinse breit.

»Soll ich dich mitnehmen?«, frage ich Erik.

»Heute nicht«, sagt er und weicht meinem Blick aus.

»Dann eben nicht, scheiß drauf.«

»Stell dir mal vor, das tu ich!«

»Wieso hast du nicht auf meine SMS und Anrufe reagiert?«

»Wir waren auf Mallorca.«

»Nicht die ganzen Ferien.«

Er schweigt, starrt zu Boden, ist so feige, dass ich kotzen könnte.

»Dir ist doch wohl klar, dass alles, was sie im Schul-Chat schreiben, erstunken und erlogen ist?«, sage ich.

»Klar«, sagt er grinsend und sieht Filip an, der zurückgrinst.

Ich grinse auch, versuche, unberührt zu wirken, verabschiede mich und fahre weiter.

Hals und Brustkorb schnüren sich zusammen. Am liebsten würde ich umkehren und wieder nach Hause fahren. Nein, am liebsten würde ich Erik eins auf die Fresse hauen. Er wird noch bereuen, dass er mich so schäbig im Stich lässt. Das zu denken tut gut. Ich umfasse das Lenkrad fester, kneife die Augen im Fahrtwind zusammen und feuere mich selber an, nicht aufzugeben. Wenn ich das tue, bin ich geliefert. Der Mönch hat recht, das ist reine Kopfsache. Als ich das letzte Mal auf Facebook nachgeguckt habe, gab es immer noch mehr Likes dafür, Gloria zu hassen.

Sobald ich aus dem Schutz des Waldes komme, rauscht ein weißer Wirbelwind über die Straße, die sich durch das Wohnviertel schlängelt. Ich bremse und stehe reglos da, biete dem Wind volle Breitseite, kneife die Augen ganz fest zu und spüre die Nadelstiche an den halb gefrorenen Ohren, kriege einen Augenblick schlecht Luft.

So plötzlich, wie er gekommen ist, ist der Anfall auch wieder vorbei.

Genauso wird es mit der Arschritze sein. Plötzlich ist es vorbei und alles ist wie gehabt, und Erik und Filip und alle möglichen anderen, Gloria nicht zu vergessen, können sich auf ein verdammt langes Schulhalbjahr freuen.

Mir tut alles weh, als ich bei der Schule ankomme, das Moped parke, es abschließe und auf den Haupteingang zusteuere. Wie üblich stehen ein paar Leute davor und rauchen, unsere zukünftigen Krebspatienten. Okay, ich schnorre auch mal eine Kippe, aber eigentlich nur bei Partys.

»Hi«, grüße ich und nicke ein paar bekannten Gesichtern in einer Gruppe zu.

»Hi, Robin«, antwortet ein Junge.

Ich atme auf. Erstes Hindernis überstanden. Ich drücke die Tür auf.

»Hure!«, ruft irgendjemand.

Ich bleibe stehen, schaue nach hinten, alle tun, als ob nichts wäre.

Aber sie tuscheln. Schielen zu mir rüber. Lachen grell.

Hals und Brustkorb schnüren sich wieder zusammen. Ist das das Herz? Kann man mit fünfzehn einen Herzinfarkt kriegen?

Ich bewege mich vorwärts, aber ich spüre keinen Boden unter meinen Füßen.

Ich gehe, gehe, gehe. Den Flur entlang zu meinem Spind. Mein Blick sucht Molle. Ich muss Molle finden. Da ist Molle. Er steht mit hängenden Schultern vor meinem Schrank. Das letzte Stück laufe ich. Und sehe, was er sieht.

ROBIN BLÄST GRATIS
steht in großen, schwarzen Buchstaben auf meiner Spindtür.

Weiter hinten im Flur sehe ich Gloria und Jonna mit zusammengesteckten Köpfen auf mich zukommen. Sie schauen nicht in meine Richtung, aber ich weiß, dass sie mich sehen und wissen, was auf dem Schrank steht. Es würde mich nicht wundern, wenn sie es sogar selber daraufgeschrieben haben. In dem Fall sollte ich zu ihnen gehen, sie packen und ihre Köpfe in eine vollgepisste Kloschüssel tauchen. Aber ich unternehme nichts, stehe nur da und sehe sie vorbeigehen, wobei ich mich in Grund und Boden schäme für das, was ich getan habe. Am liebsten würde ich zu Gloria gehen und mich entschuldigen. Aber auch das tue ich nicht, und eine Sekunde später steigt wieder so eine Wut in mir hoch, dass ich die Hure und ihre beste Freundin erwürgen könnte.

Sie wollte es doch selber.

Ich hab ihr doch angesehen, dass sie es wollte.

In ihren großen, blauen Augen, die mich so sehnsüchtig angeschmachtet haben.

Okay, Erik und Molle waren ihr beim Kniefall behilflich, aber ihr Wimmern, dass sie nicht will, war natürlich nur Theater. Das weiß man ja, dass Mädchen immer erst mal Nein sagen, obwohl sie Ja meinen. Ist doch so?

Ich schließe meinen Spind auf und nehme die Bücher heraus, reiße ein Blatt aus dem Ringblock, falte es und hänge es so über die obere Türkante, dass wenigstens ein Teil der Schmiererei verdeckt ist.

»Komm, gehen wir«, sage ich zu Molle.

Er nickt und geht mit mir zum Klassenzimmer, wobei er die ganze Zeit einen halben Schritt hinter mir bleibt. Als wäre es ihm peinlich, mich zu kennen.

Ich werde langsamer. Er auch.

Im Klassenzimmer zögert er einen Moment, ehe er sich neben mich setzt.

Erik funkelt uns an, als er mit Isabel und Karro hereinkommt. Er setzt sich in die letzte Reihe neben Anton, flüstert irgendwas und kriegt ein Lachen und ein Nicken als Antwort.

Der Unterricht beginnt.

Als ich wieder auf dem Weg zu meinem Spind bin, kann ich nicht mehr sagen, welches Fach wir gerade gehabt haben.

Auf das Blatt Papier, das ich an die Tür gehängt habe, hat einer einen Jungen gezeichnet, der einem anderen Jungen einen bläst. *Robin* steht neben einem auf den blasenden Jungen gerichteten Pfeil. *Leonard* neben dem anderen Pfeil, der auf den Typen zeigt, der einen geblasen kriegt.

Ich reiße das Blatt weg und starre auf

ROBIN BLÄST GRATIS

Molle ist schon auf dem Weg zur nächsten Klasse, als ich nach ihm Ausschau halte.

Nach drei Tagen habe ich nicht einmal mehr Molle.

Nach einer Woche sitze ich alleine in der Kantine und verpasse den Fleischbällchen auf meinem Teller mit der Gabel den Todesstoß. Erik, Anton und Filip laufen an meinem Tisch vorbei und kippen ganz »aus Versehen« Milch über mir aus. Den Rest des Schultages rieche ich nach saurem Wischlappen.

Nach zwei Wochen tut sich Gloria plötzlich mit Isabel und Karro zusammen. Tess hängt mit Daniella rum, die sich ein Loch in den Bauch freut, endlich jemanden zu haben. Jonna ist alleine für sich wie ich.

In den Pausen verdrücke ich mich auf eine Toilette oder gehe in die Bibliothek und lese Comics. Jonna ist auch oft in der Bibliothek. Vielleicht sollten wir uns zusammentun.

Nach zwei Wochen und drei Tagen werde ich von einem Typen aus der 9A gegen die Wand gedrückt, der behauptet, ich hätte ihm an den Hintern gepackt, als wir uns auf dem Flur begegnet sind. Fünf andere Jungs aus seiner Klasse, unter anderem Jerka, geben ihm Rückendeckung. Er pflanzt mir seine Faust auf den Solarplexus und ich klappe wie ein Taschenmesser zusammen. Da fangen sie an, mich zu treten. Alle sechs. Ich weine nicht. Gebe kaum einen Laut von mir. Den Gefallen tu ich ihnen nicht, verdammt.

Schließlich lassen sie von mir ab und laufen auseinander. Ich höre Schritte. Hebe den Blick und sehe Gloria, Isabel und Karro wenige Meter entfernt vorbeigehen. Sie kichern, winken mir zu und fragen, wie es meiner Arschritze heute geht.

Ich bleibe auf dem Boden liegen, obwohl es zum Unterricht klingelt. Ich bleibe liegen und will nie wieder aufstehen.

Irgendwann stehe ich dann aber doch auf. Verlasse das Schulgebäude. Fahre mit dem Moped weg. Ich habe keinen Helm.

Ich fahre und fahre und lande irgendwann auf der Autobahn zwischen Borlänge und Falun.

Ein Lastwagen überholt mich, ich gerate von dem kräftigen Fahrtwind ins Schlingern.

Irgendjemand hupt energisch. Ich strecke den Mittelfinger hoch.

Dann schließe ich die Augen und lasse den Lenker los, denke, wenn Oma sich getraut hat, trau ich mich auch.

Aktueller Stand:
Hass die Hure 1: 264 Likes.
Hass die Hure 2: 290 Likes

Robin vor! /Robin for president

Nieder mit der Schulpflicht! /Stockholmer

Das Leben ist überhaupt Scheiße./Knyttet

Knyttet: Ruf die Telefonseelsorge an 0234-497060 /Ninna ninna

Stockholmer dürfen hier doch gar nicht schreiben, ich dachte, man muss aus Dalarna sein. /Teenie-Hexe

Hier darf nur niemand schreiben, der nicht Schüler der Schule ist. Ich schick dir gerne ein Regel-Link. /Ninna ninna

Hat wer die neuen Bilder von Robin gesehen? Sind das Pimmel-Bilder? Wo findet man die? /Bitte um Antwort

hab gehört, sein schwanz ist winzig und dass die bilder erst auf einer schwulenseite waren. Leonard hat ihn angebaggert und fliegt von der schule und fredrik will die scheidung. Hauptsache, wir kriegen stattdessen nicht wieder den eierkopp. dann stimme ich dafür dass leonard bleibt /Die Nadel

Wieso nennst du dich Die Nadel? /Teenie-Hexe

Hab als kind mal eine nadel verschluckt /Die Nadel

Glorias Titten sind wirklich schön. Darum stimme ich für sie. Sie sollte Fotomodell werden, dafür muss man endlich nicht mehr magersüchtig sein. Ich war auch mal magersüchtig, habs aber irgendwann vor Hunger nicht mehr ausgehalten und aufgehört /Tittenlisa

Wie hast du das gemacht, mit dem essen aufhören aufzuhören? /Knyttet

Stirb doch einfach /Pfiffikus

Verwendet hier eigentlich keiner seinen richtigen Namen? /Bitte um Antwort

Nö, sonst kann man ja nicht schreiben was man denkt. /Pfiffikus

Der Mensch ist schlecht, das wird in diesem Forum ganz deutlich. Wenn das, was ihr hier schreibt, nämlich eure geheimsten Gedanken sind und das, was ihr wirklich denkt, seid ihr 90 % schlecht. Denkt dran, dass das nächste Mal vielleicht über euch hergezogen wird!
+ es gibt keine Pimmel-Bilder, alles was hier geschrieben wird, sind 90 % Gerüchte.
+ ich würde immer noch gerne mit Stolzer Geisteskranker in Kontakt treten. /Friedenstaube

Ich stimme für keinen von beiden, weil ich es nicht gut finde, darüber abzustimmen, dass man jemanden hasst. /Einer aus der 8B

pk ist out /Pfiffikus

? /Einer aus der 8B

PK ist di e Abkürzung für politisch korrekt. /Ninna ninna

du wirst problemlöser wenn du groß bist oder /Teenie-Hexe

Gloria ist cool, Robin ist ein Arsch /Angel

Ich finde, so eine Meinungsäußerung muss man begründen. Warum findest du, dass Gloria cool ist und Robin ein Arsch? /Analytiker

Gloria ist cool, weil sie Süßigkeiten ausgibt und so. Robin ist ein Arsch, weil er sich immer von allen einladen lässt. Er glaubt, man könnte sich ewig auf der Toplist ganz oben halten, ohne was dafür zu tun. Er behandelt Mädchen wie Dreck, knutscht erst mit ihnen rum und nennt sie hinterher Matratzen oder verbreitet Gerüchte, dass sie alles tun würden, um mit ihm zusammen zu sein. Ich weiß von mehreren, die total verliebt in ihn waren und ihm Fotos von sich geschickt haben. Dann hat er sie damit erpresst, sie gezwungen, seine Hausaufgaben zu machen und so, weil er sonst die Fotos ins Netz stellen würde. Erik und Molle in seiner Klasse sind genauso. /Angel

Woher weißt du das? /ein Zeuge

Friedenstaube: Ich bin hier /Stolzer Geisteskranker

Manche Mädchen behandeln die Jungs genauso. /ein Zeuge

Woher weißt du das? /Angel

Was ist am schlimmsten: Homo, Muslim, arm, geisteskrank oder hässlich? /Meinungsumfrage

Eindeutig geisteskrank, weil man da nichts gegen machen kann. Homosexuell kann man aufhören zu sein, Muslim auch. Und aus der Armut kann man sich rausarbeiten. Und es gibt Operationen, damit man einigermaßen okay aussieht. /Di

Psychisch krank ist schlimmer. Psychisch Kranke sind schwache Menschen und Schmarotzer und wollen den ganzen Tag schlafen. /Pfiffikus

ACHTUNG! Morgen um 10.00 hält die Rektorin in der Aula eine Rede. ACHTUNG! /Ninna ninna

Die Aula ist so brechend voll, dass der Brandschutzbeauftragte eigentlich eingreifen müsste.

Ich habe mir einen Platz so weit hinten wie möglich gesucht, um schnell rauszukommen, aber auch, um einen Überblick zu haben, wer wo sitzt.

Ich habe Augen im Nacken.

Um spontan flüchten zu können.

Um Punkt zehn Uhr betritt die Rektorin das Podium. Ihre Absätze klackern und die lila Hose schneidet in den Hintern ein. Blümchenbluse, feuerrotes, toupiertes Haar, kreisrunde Brillengläser mit goldenem Gestell. Man kriegt Augenschmerzen, wenn man sie zu lange ansieht.

Verstreut sind Pfiffe und Applaus zu hören. Die Rektorin ermahnt zur Ruhe, findet aber wenig Gehör, das Stimmengewirr geht munter weiter.

»Ich habe euch hierher in die Aula gebeten, um eine sehr ernste Angelegenheit an unserer Schule zur Sprache zu bringen«, sagt sie, nachdem sie ein paar Mal ans Mikro geklopft hat. »Es geht um die beiden Facebook-Gruppen, die sich *Hass die Hure 1* und *Hass die Hure 2* nennen, sowie den aktuellen Schüler-Chat auf der Schul-Homepage. Ich habe verfolgt, was dort geschrieben wird und muss sagen, dass ich entsetzt bin über die Inhalte. Das ist Mobbing in Reinkultur und an unserer Schule definitiv inakzeptabel!«

Buhrufe. Die Rektorin verschärft den Ton.

»Alle Menschen sind gleich viel wert«, sagt sie energisch. »Kein Mensch ist besser als ein anderer, niemand hat das Recht …«

»Das heißt, ich könnte Rektor werden, wenn ich will!?«, ruft ein Junge.

Lacher und Applaus.

»Ich verbitte mir weitere Zwischenrufe!«, ruft die Rektorin.

Es wird tatsächlich still.

»Alle Menschen sind gleich viel wert«, sagt sie. »Unabhängig von Aussehen oder Herkunft. Unabhängig davon, wo man wohnt oder was die Eltern machen. Unabhängig davon, ob man arm oder reich ist. Unabhängig von den Noten und Interessen. Unabhängig von Religion, sexuellen Neigungen, Geschlecht und …«

»Gloria nervt!«, ruft ein anderer Junge.

»Robin nervt mehr!«, ruft ein Mädchen.

Die Rektorin schlägt mit der Faust auf das Rednerpult. Eine offene Mineralwasserflasche kippt herunter und rollt über den Boden, eine bitzelnde Linie hinter sich herziehend.

»Ruhe!«, brüllt sie. »Ich habe den Schul-Chat gesperrt und bin dabei, die Schüler mit den gröbsten Kommentaren zu ermitteln.«

»Das ist Zensur! Leben wir in China, oder was?«, ruft ein Junge.

»Schon mal was von Meinungsfreiheit gehört!«, schreit ein anderer.

»Ihr glaubt, im Schutz der Anonymität alles schreiben zu können«, fährt die Rektorin fort. »Aber so anonym, wie ihr glaubt, seid ihr nicht, es gibt so etwas wie einen elektronischen Fingerabdruck, mit dessen Hilfe …«

Von überall sind Buhrufe und Pfiffe zu hören. Einige werfen Gegenstände auf das Podium. Stifte, Radiergummis, zusammengeknüllte Papierkugeln, ein Lineal.

Die Rektorin geht hinter dem Rednerpult in Deckung.

Einige Lehrer versuchen, sich zu den Werfern durchzudrängeln.

An verschiedenen Stellen in der Aula kommt es zum Handgemenge.

Der Hausmeister springt aufs Podium und schreit ins Mikrofon, dass sich jetzt aber mal ganz schnell alle beruhigen sollen, was mit einem Radiergummischauer beantwortet wird.

Ich folge dem Strom Richtung Ausgang. Stolpere nach draußen. Kriege einen harten Knuff in den Rücken. Falle. Sehe gleichzeitig Ingrid Bräck fallen und liegen bleiben, während die Leute über sie drübersteigen oder -springen, einige treten auf sie drauf.

Ihre Augen starren mich glasig leer an, als unsere Blicke sich treffen. Der eine Blusenärmel ist zerrissen. Ihr Arm ist von großen blauen Flecken übersät. Sie sieht, dass ich es sehe. In dem Augenblick packt mich jemand am Haar, jemand anders zerrt an meinem Pullover. Sie verschwindet aus meinem Sichtfeld.

Ehe ich einen klaren Gedanken fassen kann, werde ich von einer Gruppe von fünf, sechs Leuten mitgezogen, unter anderem Erik und Filip.

Mir ist sofort klar, was jetzt passieren wird. Ich habe selbst schon dabei mitgemacht. Zuletzt bei Daniella aus der

9A. Und davor bei ein paar Jungs, die danach die Schule verlassen haben.

Ich versuche nicht einmal, Widerstand zu leisten, das macht es nur schlimmer und dauert länger.

Behindertentoilette.

Ich schließe die Augen, als sie in die Toilettenschüssel pinkeln.

Ich kneife die Augen zu und halte die Luft an, als sie meinen Kopf in die Pisse tauchen, einmal, zweimal, dreimal.

Ich heule nicht, flehe sie nicht an, aufzuhören, lasse es einfach über mich ergehen.

Nicht denken, nicht fühlen, Luft anhalten, atmen.

Plötzlich steht Gloria in der Toilette und baut sich breitbeinig vor mir auf. Aus ihren Augen sprüht blanker Hass. Hinter mir stehen Erik und Anton und zwingen meinen Kopf in den Nacken, sperren meinen Mund auf.

»Und jetzt blas«, sagt Gloria und stopft Klopapier in meinen Mund. »Blas, du Hure! Jetzt blas schon!«

Sie zieht die Nase hoch, räuspert sich, nimmt Anlauf und spuckt.

Der Speichel läuft langsam über mein Gesicht. Sie lacht überlegen. Geht. Die Jungs drücken mich bäuchlings auf den Boden, treten mir gegen die Schienbeine, die Oberschenkel, gegen die Rippen und Arme.

Endlich allein.

Ich nehme das Klopapier aus dem Mund, versuche aufzustehen, schaffe es nicht. Wische Glorias Spucke mit der Hand ab, friere, zittere, heule, krümme mich zusammen zu einem widerlich stinkenden Klumpen Dreck, der selber schuld ist, um den es nicht schade wäre, wenn er ein für alle Mal das Klo runtergespült wird …

Irgendjemand sieht mich. Bleibt stehen. Kommt näher.

Ein graublaues Augenpaar im Türspalt.

Der Blick wandert über meinen Körper, verfinstert sich.

Der Türspalt wird größer.

»Nein«, sage ich. »Nein, geh! Geh weg …«

Es ist Jonna. Sie schließt die Tür hinter sich und kniet sich neben mich. Hebt eine Hand.

Ich schließe die Augen, warte auf den Schlag.

Der nicht kommt.

»Ich will dir nichts tun«, sagt sie und legt ihre Hand sanft auf meinen Arm. »Kannst du dich aufrichten?«

»Nein … Nein, ich …«

Mit ihrer Hilfe setze ich mich auf.

Ich krabbele in eine Ecke, drücke mich gegen die Wand, angeekelt von meinem eigenen Gestank. Schaue zu Jonna. Frage mich, was sie hier will.

»Du kannst gehen«, sage ich.

»Ja, kann ich«, sagt sie und bleibt sitzen.

»Was willst du?«

»Ich will nur … Ich hab dich gesehen und … Ich konnte nicht einfach weitergehen.«

»Ich wäre weitergegangen. Früher jedenfalls.«

»Und jetzt?«

Ich zucke mit den Schultern, will, dass sie geht, sie soll nicht nett zu mir sein, das tut nur noch mehr weh.

»Ich dachte, du hasst mich«, sage ich.

»Nicht mehr«, antwortet sie.

»Wieso nicht?«

»Ich weiß es nicht so genau. Vielleicht, weil Gloria sich inzwischen mindestens so mies verhält wie du. Aber vielleicht hab ich auch einfach die Schnauze voll von all dem Hass. Das ist so …«

Sie verstummt. Ihr Blick schweift ab. Ich frage mich, wohin.

»Ist wie?«, frage ich.

»Wie ein großes Monster, das alles Licht verschlingt«, sagt sie. »Verstehst du, was ich meine?«

»Ähm …«

»Das war ein Gleichnis.«

»Ah ja. Dann ist alles klar.«

»Du weißt schon, was ein Gleichnis ist, oder?«

»Klar. Ich bin vielleicht nicht so smart wie du, aber blöd bin ich auch nicht.«

»Du findest mich also smart?«

»Ja, bist du das nicht?«

»Schon, aber …«

»Was ist zwischen dir und Gloria vorgefallen?«

»Hab ich doch gesagt. Sie hat es mit ihrer Rache übertrieben. Ich will nichts mit fiesen Menschen zu tun haben, da bleib ich lieber allein. Aber deswegen tut es mir trotzdem nicht leid, dass ich die Fotos von dir gemacht habe und …«

Stille. Lang. Das einzige Geräusch kommt von den Papiertüchern, mit denen ich mich abtrockne. Was nicht viel nützt, meine Haare sind klitschnass und der Pullover schwer mit Pisse vollgesogen. Wäre Jonna nicht da, hätte ich ihn ausgezogen.

»Du warst das also?«, sage ich.

»Ja. Tut mir leid. Aber eigentlich auch nicht ... Du warst ein echtes ... ein ... Arschloch! Das weißt du hoffentlich.«

Ich nicke. Spüre, wie eine Welle der Scham nach der anderen durch meinen Körper rollt.

Sie erzählt mir, wie sie mich bei dem Wettkampf mit ihrem Handy fotografiert hat. Da sie in der Mädchenmannschaft spielt, war sie eh vor Ort.

Das hätte ich mir auch ausrechnen können. Glorias beste Freundin + war beim Luciafest dabei + Gloria hat natürlich gepetzt + stand beim Konzert ganz vorn am Bühnenrand und hat mich hasserfüllt angefunkelt + spielt Fußball in der F15 = Motiv und Gelegenheit.

»Ich hab im Traum nicht gedacht, dass das so ein Riesending wird«, sagt sie. »Das war nicht beabsichtigt.«

»Mmh ...«

»Du hast ganz blaue Lippen, frierst du?«

»Ein bisschen«, sage ich mit abgehackter Stimme.

»Zieh deinen Pullover aus, dann geb ich dir mein Sweatshirt.«

»Das muss nicht sein.«

Aber sie hat sich bereits das Sweatshirt über den Kopf gezogen, unter dem sie ein dünnes, langärmeliges Shirt trägt.

Sie guckt woanders hin, als ich mein nasses T-Shirt ausziehe, meinen Oberkörper mit einem weiteren Stapel Papiertücher abtrockne und ihr Sweatshirt überziehe, das natürlich zu klein ist und hauteng anliegt. Aber wenigstens wird mir sofort wärmer.

»Danke«, sage ich.

Sie lacht kurz, zieht die Knie an den Brustkorb, legt die Arme um die Schienbeine und das Kinn auf die Knie.

Sie sieht ziemlich süß aus.

GLORIA

Das ist alles die Schuld der heiligen Lucia. Der Papst hätte sie lieber zur Dämonin als zur Heiligen ernennen sollen, sie bringt nicht Güte und Licht, nur Böses und Finsternis.

Die dämonische Lucia.

Ich nehme das Luciakleid und die Schere aus der Tasche. Beginne, den weißen Stoff zu zerschneiden. Schmale Streifen fallen auf die Erde, um gleich darauf von heftigen Windstößen aufgewirbelt zu werden und ein Stück entfernt wieder zu Boden zu sinken.

Die Müllkippe stinkt, Krähen krächzen. Ich ziehe mein Halstuch über Mund und Nase und atme durch den Stoff, das macht es ein bisschen erträglicher.

Noch ein paar Schnitte, dann ist die Operation VDL (Verstümmelung des Luciakleides) erledigt. Schön. Das hätte ich schon längst tun sollen, ich habe nur nicht daran gedacht.

Weiter zur nächsten Aufgabe: Hammerweitwurf mit der Luciakrone. Mit der Krone in der Hand drehe ich mich ein paar Mal um die eigene Achse und lasse sie dann los. Ergebnis: ungefähr fünf Meter. Ich gehe dorthin und trampele darauf herum, bis sie da ist, wo sie hingehört, zwischen dem Müll. Gleich darauf meldet sich mein schlechtes Gewissen.

»Entschuldige«, sage ich. »Du kannst ja nichts dafür.«

Ich hebe die Krone auf und lasse sie gleich wieder fallen.

»Eine Windel!«, rufe ich angeekelt. »Welcher Idiot wirft eine Windel neben meine Luciakrone?«

Ich trete ein letztes Mal dagegen und beeile mich, von der Müllkippe wegzukommen, steige auf mein Moped, setze den Helm auf und fahre los.

Das ist erst meine dritte Fahrt alleine, ich bin ziemlich nervös und unsicher, als ich an der Kuppel – oder dem Riesenbusen, wie das Einkaufszentrum genannt wird, – vorbeifahre. Es sieht wirklich aus wie eine Riesenbrust mit Nippel drauf. Wer immer das Gebäude entworfen hat, hatte entweder eine schlüpfrige Fantasie oder war ein bisschen hirntot.

Ich hätte nichts gegen ein bisschen hirntot einzuwenden. Besser noch sehr hirntot. Damit ich mich nicht mehr an das Geschehene erinnern kann und nie mehr Angst zu haben brauche, weil ich gar nicht weiß, wie viele gefährliche Menschen es um mich herum gibt. Menschen, denen ich völlig egal bin. Denen es Spaß macht, auf mir rumzutrampeln. Die glauben, sie können alles mit mir machen, um mich dann fallen zu lassen und mich Hure und einen Haufen andere verletzende Dinge zu nennen.

Ich bin keine Hure. Und selbst wenn ich es wäre, gibt ihnen das noch lange nicht das Recht, mich mit Füßen zu treten. Huren sind auch Menschen und haben die gleichen Rechte wie jeder andere Mensch auch, zum Beispiel auf persönliche Sicherheit und dass sie nicht gekränkt, erniedrigt und unterdrückt werden und so weiter. Das hat die UNO festgelegt, da kenn ich mich aus, weil ich in der Achten mal ein Referat über ihre Gesetze zu Menschenrechten gehalten habe und …

»Scheiße!«

Ich gerate auf einer vereisten Wasserlache ins Schlingern und rutsche direkt auf einen Laternenpfahl zu.

»Hallo! Du da, hörst du mich? Wach auf!«

Ich schlage die Augen auf und sehe einen Mann in Papas Alter, der sich über mich beugt. Er rüttelt vorsichtig an meiner Schulter. Das tut weh.

»Jesses, ich dachte schon, du wärst tot«, sagt er erleichtert. »Alles in Ordnung mit dir? Soll ich einen Krankenwagen rufen oder deine Eltern?«

»Nicht nötig«, sage ich und setze mich auf. »Mir geht's … Moment, ich muss kurz nachfühlen.«

Ich fühle nach. Mir ist schwindelig. Schwindelig fühlt sich gut an. Ich nehme den Helm ab. Ohne Helm wäre ich jetzt vielleicht hirntot. Manchmal bin ich wirklich blöd.

»War ich ohnmächtig?«, frage ich und sehe, dass meine Jacke einen Riss hat.

»Ja, du warst vollkommen weg.«

»Cool, das ist das erste Mal.«

Der Mann lächelt unsicher, reicht mir seine Hand und hilft mir auf die Beine. Plötzlich steht ein eineiiger Zwilling neben ihm. Ich blinzele, aber der Zwilling bleibt stehen.

»Willst du dich wieder setzen?«, fragen die Zwillinge.

»Nee, geht schon«, sage ich. »Sie müssen nicht bleiben.«

»Sicher?«

»Ja. Danke für die Hilfe.«

Nach kurzem Zögern spazieren die Zwillinge davon. Ich gehe zu meinen zwei Mopeds und taste, welches das echte und welches Fake ist. Ich stelle das richtige auf und bleibe halb über den Lenker hängend stehen.

Nachdem ich langsam bis hundert gezählt habe, hebe ich ganz vorsichtig den Kopf.

Jetzt habe ich nur noch ein Moped. Aber ich traue mich nicht, zu fahren, noch nicht jedenfalls, sondern schiebe es, den Helm am Lenker baumelnd, auf dem Fahrradweg.

Es fängt an zu schneien. Große, hübsche Flocken.

Erst jetzt sehe ich das Blut.

Es ist durch den Jackenstoff gedrungen und tropft auf den Boden. Im ersten Moment kann ich nicht zuordnen, woher es kommt, ich hab nicht gemerkt, dass ich mir was aufgeschrammt habe, aber als ich die Jacken- und Pulloverärmel hochschiebe, sehe ich, dass eine der Krusten am linken Unterarm aufgeplatzt ist.

Die ist von vorgestern. Ich hab Jonna so vermisst und musste an das Fest denken, und da ging's mir wieder sauschlecht, obwohl das schon so lange her ist.

Ich hab die Rasierklinge genommen und geritzt und nach einer Weile bin ich wieder ruhiger geworden. Zumindest für kurze Zeit. Dann kam die Unruhe zurück und ich musste weiterritzen.

Das Kirchenportal öffnet sich und die Gemeinde strömt heraus. Erik hüpft nervös neben mir auf der Stelle, als wollte er sich selber anfeuern.

»Bist du nervös?«, frage ich.

»Nein, verdammt«, sagt er und zeigt Zähne – ich nehme mal an, das soll ein Lächeln darstellen.

»Wiederhol, was du sagen sollst.«

»Dass Robin mich nach dem Sportunterricht und dem Fußballtraining in der Dusche angegafft hat. Dass er mich und etliche andere aus der Mannschaft zu küssen versucht hat. Dass er was mit einem Lehrer hatte. Dass er ... Äh, ich komm grad nicht drauf, sonst noch was?«

»Dass er nie bei einem Gospelchor an der Schule mitgesungen hat, sondern in einer Rockband. Lass dir gerne noch irgendwas Satanistisches einfallen. Und dass er Alkohol für die Feten besorgt und jedes Mal selber sternhagelvoll ist.«

»Okay, kapiert. Aber ... ist das nicht ein bisschen zu dick aufgetragen? Womöglich glauben sie mir nicht, wenn ich das alles auf einmal aufzähle?«

»Dann beschränk dich halt auf die Homogeschichte. Geh schon, sie kommen.«

Er hüpft weiter auf der Stelle.

»Los!«, sage ich.

Er setzt sich in Bewegung, unsäglich langsam Richtung Kircheneingang, wo Robins Eltern sich mit einem Mann unterhalten, der seiner Aufmachung nach zu urteilen der Pastor sein muss.

Erik sieht sich mehrmals um, als würde er darauf warten,

dass ich ihn von seiner Aufgabe erlöse und wir stattdessen Kaffee trinken gehen. Aber ich spreche die erlösenden Worte nicht aus. Und er protestiert nicht. Das ist fast unheimlich. Es ist noch nicht lange her, dass ich Angst vor ihm hatte, jetzt hat er Angst vor mir.

Robins Eltern sehen ihn, lächeln ihn an und begrüßen ihn.

Er bringt seine Botschaft vor.

Das Strahlen verlischt. Robins Mutter wird kreidebleich, der Vater knallrot. Der Pastor entfernt sich ein paar Schritte und sagt etwas zu einem anderen Paar, das ihre Köpfe schockiert Robins Eltern zuwendet.

Ich sehe förmlich, wie sich das Gerücht von Mund zu Mund verbreitet.

Erik kommt zurück. Er weicht meinem Blick aus. Es ist bestimmt nicht ganz leicht, seinen bis dahin besten Freund zu verraten. Aber er steht in meiner Schuld und das weiß er. Er weiß, dass er jederzeit die nächste Arschritze sein kann. Er ist mir körperlich überlegen, könnte mich leicht plattmachen, auch das weiß er. Aber er tut es nicht. Weil er ein Hund ist. Ein unterwürfiger Hund. Der mit dem Schwanz wedelt, wenn ich es will, und denjenigen beißt, auf den ich zeige.

Macht ist cool. Trotzdem habe ich Angst.

Wovor?

Es war Ende Januar, jetzt ist es Ende Februar, aber es kommt mir wie eine Ewigkeit vor.

Abends klingelte es an der Tür.

Jonna.

Wir waren nicht verabredet, aber sie meinte, es wäre wichtig.

Wir gingen in mein Zimmer, sie wirkte irgendwie bedrückt, ich fragte sie nach dem Grund.

Sie: Das weißt du nicht?

Ich: Nein, worum geht's?

Sie: Um das, was aus uns beiden geworden ist. Was wir in der Schule anderen antun. Robin. Er ist ein Scheißkerl, ein Arschloch, ein widerwärtiger, unerträglicher Mensch, da bin ich ganz deiner Meinung, trotzdem …

Ich, obwohl mir die Fortsetzung natürlich klar war: Was trotzdem?

Sie: Ich will das nicht. Ich bin nicht so. Das geht zu weit. Du musst aufhören, sonst wirst du böse.

Ich: Ich will das eigentlich auch nicht. Aber das ist ja nur Theater. Ich spiele eine Rolle in einem Stück. Ich habe keine Wahl. Ich will nie wieder getreten werden. Ich bring mich um, wenn es wieder so wird wie auf meiner vorigen Schule. Du hast keine Ahnung, was ich durchgemacht habe. Das hat schon in der ersten Klasse angefangen. Ich habe keine Ahnung, warum. Ich war nicht hässlich oder nerdig, aber auch nicht zu smart. Ich hatte keinen merkwürdigen Dialekt und meine Eltern fallen auch nicht sonderlich aus dem Rahmen. Noch nicht mal große Brüste hatte ich, ich war höchstens einen Hauch zu pummelig. Vielleicht waren meine Füße auch zu groß. Ich kann dir nicht sagen, was es war. Ich weiß nur noch, dass es wehtat. Zu leben.

Sie: Aber jetzt hast du doch mich. Du bist nicht mehr allein. Zusammen sind wir stark. Wir scheißen auf die anderen, fahren unser eigenes Race, lesen unsere Bücher und werden die smartesten Hirne an der Schule. Und nach der Schule lassen wir alles hinter uns. Machen eine Weltreise. Tun, was uns grade einfällt. Vielleicht eröffnen wir ein Literaturcafé in Usbekistan oder was weiß ich. Was sagst du, bist du dabei?

Ich: Nur, wenn du mir vorher hilfst, mich zu rächen.

Darauf sagte sie nichts. Sie saß im Schneidersitz auf meinem Bett, in ihrem hellblauen Lieblingstrainingsanzug. Sie sah plötzlich so klein aus, irgendwie halb. Aus dem Wohnzimmer war Tindras und Stellas fröhliches Gegacker zu hören. Ich fand es erstaunlich, dass sie so glücklich sein konnten, wo alles so finster war. Aber sie wussten natürlich nichts. Haben nie was gewusst. Mama und Papa? Vielleicht haben sie was geahnt, müssten sie eigentlich, aber sicher bin ich nicht. Ich bin eine gute Schauspielerin. Und sie sind ein braves Publikum.

Ich brach das Schweigen: Du hast angefangen. Du hast ihn mit SMS bombardiert, nicht ich. Du hast sein Fenster mit einem Stein eingeworfen, nicht ich. Du hast ihn fotografiert, nicht ich. Das Einzige, was ich gemacht habe, war, *Hass die Hure 2* zu starten, und das habe ich nur gemacht, weil du all die anderen Dinge vorweg getan hast. Hallo, kannst du mich angucken, wenn ich mit dir rede?

Sie schwieg und starrte aus dem Fenster.

Ich: Wer A sagt, muss auch B sagen.

Sie, lachend: Ist das ein neues Gesetz, oder was?

Ich: Ja, ein Gloria-Gesetz. Ich kriege langsam Macht. Kapierst du? Ich hatte noch nie Macht. Kapierst du? ICH WILL NICHT AUFHÖREN! KAPIERST DU?

Sie sah mich mit ihren stahlgraublauen Augen an, von denen sie nicht zu wissen scheint, wie schön sie sind. Ihr Gesicht war von ihren nussbraunen, glänzenden Haaren eingerahmt, die sie fast nie offen trägt, aber jetzt.

Sie rieb sich mit dem Zeigefinger über die Halsmulde unter dem Kinn und sagte: Ich gehe.

Ich: Wenn du nicht mitmachst, bist du gegen mich.

Sie: Ich erkenn dich nicht mehr wieder, weiß nicht mehr, wer du bist.

Ich: Ich bin jemand, der sich wehrt.

Sie: Tschüss.

Ich: Dann hau doch ab, verdammt!

Und das tat sie. Ich blieb auf dem Bett sitzen und starrte auf den Abdruck, den sie auf dem Bettüberwurf hinterlassen hatte. Nach einer Weile legte ich mich hin. Mein Kopf saugte die Wärme auf, die von ihr geblieben war.

Jeden Morgen, mehrmals am Tag und fast den ganzen Abend, außer mittwochs, wenn ich Theater habe, lese ich im Chat mit, der auf dierektorinnervt/huren.nu verlegt wurde, weil der Schul-Chat von der Zensur geschlossen wurde.

Aktueller Stand:
Hass die Hure 1: 281
Hass die Hure 2: 354
/ein Zeuge

Shit, da schließt die Rektorin doch einfach den Chat! Totale Diktator-Manieren. Wir sollten streiken. Wie viele hier streiken mit für Meinungsfreiheit? /AnnaPanna

Leonard hat gekündigt. Er zieht nach Falun. Weil es ihn so verletzt hat, dass er in der Aula niedergeschlagen und als Schwuchtel beschimpft wurde. Ich fass es nicht, er ist der beste Lehrer der ganzen Schule. Jetzt werden wir genauso schwachköpfig wie die Schüler von Kvarnens. /Platon versteht es auch nicht

Streiken tun doch alle, das ist total spießig. Wenn ihr mich fragt, sollten wir die Schule besetzen. /Okkup@ion

Was kratzt es uns, dass der Schul-Chat geschlossen wurde. Wir sind Netznomaden und ziehen einfach weiter. Die Krätze kriegen die Erwachsenen, weil sie nicht peilen, womit wir uns beschäftigen, sie verlieren den Überblick und die Kontrolle und glauben, der Weltuntergang wäre nah. Ich will auf keinen Fall Kinder haben, weil ich solche Probleme nicht will. Ich stimme für Okkupation. Wann, wo, wie? /Krätze

Was versteht Platon nicht? /Pfiffikus

Warum es uns gibt. /Platon versteht es auch nicht

Müssen wir mit einer Kollektivstrafe für die Sache in der Aula rechnen? Es haben ja nicht alle mitgemacht, aber es ist auch schwer zu sagen, wer angefangen und wer am heftigsten draufgehauen hat. Sind wir angezeigt worden? Bin etwas nervös, weil ich Polizist werden will, und steht man einmal im Strafregister drin, nehmen die einen nicht mehr. /Freund und Helfer

Leonard ist mein Idol. /Out & In

Erhäng dich, Schwuchtel! /das Blatt

Out & In: Du traust dich wenigstens, offen zu schreiben. Das finde ich supermutig. Ich habe das gleiche »Problem« wie du, aber bisher nur mit meinen Eltern gesprochen. /Sapfo 2.0

Ich bin überzeugter R.-Hasser. Er ist doch selber schuld. Apropos Diktatoren, er spielt sich schon viel zu lange als einer auf, da kriegt man schon Lust, zuzuschlagen, wenn er endlich gestürzt wird. Vielleicht sollten wir es mit ihm machen wie mit dem Typen in Libyen, auf den sich alle auf einmal gestürzt und ihn erschlagen haben. Ich bin für okkupieren. /Sebbe

Wann: Irgendwann nach den Sportferien, da sind die Lehrer erholt und haben vergessen, wie anstrengend wir sind und rechnen nicht damit.
Wie: Ein paar Leute von uns gehen zum Hausmeister und erzählen ihm, wir müssten ein Referat über den Beruf Hausmeister schreiben. Dann überwältigen wir ihn und nehmen ihm die Schlüssel ab, zwingen ihn, den Brandalarm zu aktivieren und warten, bis alle Lehrer, die Schulschwester und das Kantinenpersonal aus der Schule sind. Dann besetzen wir das Sekretariat, das Büro der Rektorin und das Lehrerzimmer und andere strategische Punkte wie z. B. die Kantine. Von den Konserven- und Knäckebrotvorräten + den Torten im Lehrerzimmer können wir sicher einen Monat leben. /Okkup@ion

Wie ist es mit Waffen? /Sebbe

Fäuste Messer Baseballschläger. Und vielleicht weiß ja jemand, wie man Mollotoffcocktails macht. Oder jemand kann ein Jagdgewehr organisieren /Okkup@ion

Messer ist ein bisschen too much, dafür können wir in den Knast wandern, ziemlich viele sind schon strafmündig, und ich sag euch, das ist kein Spaß, im Jugendknast zu sitzen, hab ein paar Sachen mitgehen lassen und im besoffenen Kopp jemanden geschlagen. /Milla

Eine kriminelle Braut, cool! /Krätze

Ich kämpfe für die Gleichberechtigung, darum. /Milla

Wir wollen nicht schießen und um uns stechen, nur ein bisschen drohen, falls sie versuchen, zurück in die Schule zu kommen und aggressiv werden. /Okkup@ion

Bist du unsere Anführerin? Wäre nicht schlecht, einen Sprecher zu haben, der in den Medien Stellung nimmt, oder? /Sebbe

Gibt es auch laktosefreie Torten? /Lack Toss

Ich finde es nicht okay, die Schule zu okkupieren, um Meinungsfreiheit zu erzwingen. Was ist das für Meinungsfreiheit, wenn alle nur Hass in alle Richtungen versprühen – das ist Hetze gegen Minderheiten oder zumindest gegen Individuen /Platon versteht es auch nicht

Sollen wir hier wirklich die Okkupation diskutieren? Was, wenn wir überwacht werden? Bin dafür, wir treffen uns live zum planen /man kann nie vorsichtig genug sein

Ehe ich den Chat verlasse, weil ich wirklich dringend schlafen muss, schreibe ich:

Ich ritze mich weiter jeden Tag. Keine Ahnung, warum. Ich sollte mich freuen. /Traurig

Durch das Busfenster sehe ich Karro und Isabel, die an der Bushaltestelle auf mich warten. Sie bibbern in ihren kurzen, dünnen Lederjacken und stehen wackelig auf ihren hohen Keilabsätzen. Sie brauchten auch unbedingt Keilabsätze, jetzt wo ich welche habe, wissen gar nicht, wie sie es vorher ohne die absolut existenziellen Keilabsätze ausgehalten haben.

Der Bus stoppt. Ich erhebe mich von meinem Platz ganz hinten und laufe durch den Gang. Alle anderen bleiben brav sitzen, bis ich vorbei bin.

Roter Teppich für Gloria!

Was passiert ist?

Der Wind hat sich gedreht.

Ich musste selber gar nicht viel dazu tun. Nur konsequent die Rolle der neuen Gloria spielen.

Fast alle sind darauf angesprungen. Karro und Isabel zum Beispiel. Sie haben sich nichts anderes getraut, nachdem Erik und Molle angefangen haben, Gerüchte über Robin zu verbreiten, und offiziell verkündet haben, sie hätten Respekt vor mir. Weil ich mich gewehrt und zurückgeschlagen habe. Weil ich mich nicht in den Dreck geworfen und noch mehr Schläge über mich habe ergehen lassen.

Das habe ich gelernt: Um nicht mehr geschlagen zu werden, muss man selber schlagen. Am besten doppelt so hart.

Ich steige aus dem Bus. Die beiden Arschkriecherinnen gehen sofort zum Angriff über.

»Hiii, Gloria!«, sagt Karro mit ihrer künstlichen Babystimme, mit der sie immer spricht, wenn sie nervös ist.

»Wow, sind deine Haare schön, womit hast du die behandelt?«, sagt Isabel.

»Ich war gestern in deinem Blog und muss unbedingt wissen, wo du den gestreiften Pulli her hast!«

»Glückwunsch übrigens zu den vielen Besuchern, wenn du so weitermachst, wirst du die nächste Kenza.«

»Ich weiß«, sage ich. »Das ist mein großes Ziel.«

Sie raffen die Ironie nicht. Oder sie raffen sie, trauen sich aber nicht, zu lachen.

Die Angst strahlt aus ihren Augen.

Wir haben nie darüber gesprochen, was auf dem Fest passiert ist. Was Robin mir angetan hat. Dass Erik und Molle ihm geholfen haben. Dass sie beide danebengestanden und zugeguckt haben.

Ich habe nur eine kleine Andeutung fallen lassen, dass das Gleiche ihnen jederzeit und überall widerfahren kann. Vielleicht heute in der Schule, auf irgendeiner Toilette. Und da sie nicht so tough sind wie ich, wird es ihnen hinterher so beschissen gehen, dass sie sich erhängen oder eine Überdosis der Schlaftabletten von Isabels Mutter nehmen, von denen Isabel sich schon seit längerem was abzweigt.

»Gehen wir heute zu McDonald's?«, fragt Isabel. »Ich krieg keinen Fisch runter. Die Küchentussis sind doch fischbesessen.«

»Ich mag Fisch«, sage ich.

»Ich auch!«, sagt Karro.

»Und ich liebe Salzkartoffeln«, sage ich.

Beide stimmen mir zu, dass Salzkartoffeln zum Leckersten

gehören, was es gibt. Zwischendurch frage ich mich ernsthaft, ob sie überhaupt ein Gehirn haben. Zugleich geiere ich auf ihre Schleimereien. Ich brauche das. Das gibt mir Auftrieb.

Das sollte auch in der Liste der Menschenrechte der UNO verankert sein, dass jeder Mensch ein Recht auf Schmeicheleien hat. Und das Recht, Macht über andere auszuüben.

»Ihr müsst am Samstag unbedingt zur Premiere kommen und mich in *Hamlet* ansehen«, sage ich. »Erik und Anton kommen auch. Und einige andere von der Schule. Wäre toll, wenn ihr Fotos macht, die ich in meinen Blog stellen kann.«

»Das kann ich übernehmen!«, zwitschert Karro. »Gott, wie spannend, Premiere! Bist du nervös?«

»Nein, bin ich nie«, lüge ich.

Isabel geht schweigsam neben uns her.

»Du kommst doch auch?«, sage ich und sehe sie scharf an. »Oder hast du was Besseres vor?«

»Na ja, wir fahren in die Berge«, sagt sie. »Sportferien.«

»Aha«, sage ich. »Dann fahr halt.«

»Ich lass es sausen, wenn du willst«, sagt sie eilig.

»Nein, nein, fahr nur, das ist wichtiger.«

»Nein, ich bleibe zu Hause.«

»Mach, was du willst.«

»Doch, ich bleibe. Ich will dich doch sehen.«

»Gut«, sage ich. »Hat einer von euch ein Kaugummi?«

Beide haben eins.

Wir betreten gemeinsam die Schule und gehen zu unseren Spinden.

Jonna steht an ihrem Spind, als ich zu meinem komme.

Ihre Augen blitzen schwarz auf, als sie mich sieht.

Sie schließt eilig ihren Schrank ab und verschwindet.

Ich nehme meine Bücher und knalle die Tür zu. Entdecke Tess, die ausnahmsweise mal nicht mit Daniella zusammengluckt. Unsere Blicke begegnen sich, sie weicht sofort aus.

Es klingelt. Ich bewege mich Richtung Klasse.

Ich will nichts mehr mit Jonna zu tun haben. Sie ist mir unheimlich. Weil sie überhaupt keinen Respekt vor mir hat. Und weil sie weiß, wer ich eigentlich bin.

Ich betrete das Klassenzimmer, mein selbstbewusstes Lächeln auf den Lippen, und setze mich zwischen Karro und Isabel.

Eigentlich dürfen wir nicht zu dritt nebeneinandersitzen. Aber ich mache, was ich will. Und Ingrid Bräck traut sich nicht, mir zu widersprechen.

Jonna sitzt alleine.

Ich stoße Isabel meinen Ellenbogen in die Seite.

»Muss ich?«, flüstert sie.

Ich nicke. Sie leckt sich nervös über die Lippen. Meldet sich.

»Ja?«, sagt Ingrid Bräck.

»Ist es wahr … dass Ihr Mann Sie schlägt?«, sagt Isabel.

Ingrid Bräck wird knallrot, ihr Blick flackert.

Alle glotzen sie an. Keiner sagt was.

Sie macht den Mund ein paar Mal auf und zu wie ein Fisch auf dem Trockenen, aber es kommt kein Ton heraus.

Irgendwann setzt sie sich hinter das Pult, legt die Hände vors Gesicht und fängt an zu weinen.

»Entschuldigen Sie«, sagt Isabel. »Ich wollte nicht …«

»Geht einfach«, sagt Ingrid Bräck mit berstender Stimme. »Geht einfach. Ihr habt frei. Geht! Jetzt geht schon endlich!«

Sein oder Nichtsein, das ist hier die Frage.

Meine Antwort: Ich bin nicht länger ich selbst. Aber ich bin auch niemand anderes. Ich bin ein merkwürdiges Zwischending, das nicht weiß, in welche Richtung es will.

Ich stehe auf der Bühne. Bewege mich. Liefere meinen Text. Aber ich bin mit meinen Gedanken woanders. Bei Jonna, in ihrem Zimmer. Wir reden, lesen, schweigen zusammen.

Da sie keine Anstalten macht, zu kommen, muss ich zu ihr gehen. Es ist lange her, dass sie gesagt hat: Klar komme ich. Egal, was passiert. Versprochen. Ich komme.

Aber sie ist nicht hier.

Meine Groupies Karro, Isabel, Erik, Molle, Anton und Filip sind da. Ich kapiere immer noch nicht ganz, wie es dazu gekommen ist. Sie vermutlich auch nicht. Aber keiner spricht aus, was sie alle sicher denken: Es ist noch gar nicht lange her, da war sie uns völlig schnuppe, jetzt tun wir so, als würden wir sie lieben. Ist das nicht verdammt merkwürdig? Darüber müssten wir doch reden. Aber ich werde den Teufel tun, den Anfang zu machen. Dann widerfährt mir womöglich das gleiche Schicksal wie Robin, und ich werde wieder zur Hure, die von allen angepisst wird.

Sie haben mir Blumen mitgebracht.

Einen Strauß roter Rosen, für den sie zusammengelegt haben.

Erik übereicht ihn mir.

Er traut sich nicht, mich direkt anzuschauen. Das Gleiche gilt für Molle. Die beiden sind fast noch schlimmer als

Robin. Haben danebengestanden, mich festgehalten, Robin angefeuert, gelacht, fotografiert, gefilmt.

Ich spüre immer noch Robins Schwanz in meinem Mund. Nachts wache ich davon auf. Schreie. Ekle mich vor mir selbst. Greife mir die Rasierklinge, ritze mich immer und immer wieder.

Hab ich es selber nicht auch ein bisschen gewollt?

Immerhin hab ich ihm die Fotos geschickt.

Hab ihn angeschmachtet.

Und ich hab gedacht: Ich würde alles tun, damit er mich mag.

Und bei der Party, beim Tanzen, als er meinen Hals geküsst und an meinem Ohrläppchen geleckt hat, als er meine Brüste und meinen Po gedrückt hat, das hat mir gefallen.

Aber nicht das danach.

Ich hab Nein gesagt. Aber er meinte, er wüsste, dass ich eigentlich Ja meine. Ich hab noch mal Nein gesagt. Darauf hat er gelacht, die anderen auch, die Zuschauer.

Zuschauer da.

Zuschauer jetzt.

Ich lächele sie an. Bedanke mich für die Blumen und schlage vor, zusammen Pizza essen zu gehen. Zur Feier des Tages.

Ich verachte sie, möchte sie anknurren, ihnen die Zähne zeigen, auf sie einprügeln, die Blumen zertrampeln, ihre Pizzen mit Rattengift würzen, lachend zusehen, wie sie sich vor Schmerzen winden und krepieren.

Wir gehen Pizza essen. Sie krepieren nicht. Wir stoßen mit Softdrinks auf die Ferien an. Die meisten haben tolle Pläne, fahren zum Skilaufen nach Åre, Idre, in die Alpen. Keiner bleibt zu Hause, einfach nur faul sein, obwohl das wahrscheinlich die meisten wollen.

Sie erkundigen sich, was ich vorhabe.

Ich: Ich bleibe zu Hause und mache mir einen ruhigen Lenz.

Sie: Oooh, dazu hätte ich auch Lust – du Glückliche!

Sie: Was ist jetzt eigentlich mit der Okkupation?

Als wäre das meine Idee gewesen.

Ich: Klar findet die statt. Das wird ein Riesenspaß.

Sie jubeln. Idioten. Ich stehe auf und gehe auf die Toilette. Sehe mich im Spiegel an. Habe keine Ahnung, wer ich bin.

Wenn man sich doch aus dem Leben verdrücken könnte, ohne sterben zu müssen.

Die Familie verlässt die Burg der Oberflächlichkeit (so nennt Jonna unser Haus, was ja auch stimmt). Zurück bleibt eine jämmerliche Königin, die nicht mehr Königin sein will, aber das traut sie sich nicht zu sagen, weil, wenn sie das sagt, fällt sie durch unzählige Schichten der Verachtung.

Das darf nicht passieren.

Ich sitze mit dem Laptop in der Küche und stelle Bilder ein und berichte in meinem Blog von der Premiere. Was für ein Erfolg das war. Dass ich von Hollywood träume oder wenigstens der Theaterhochschule in Stockholm. Ich verrate, wo ich meine neuesten Schuhe erstanden habe und was das grüne Armband gekostet hat. Oberfläche, Oberfläche, Oberfläche. Das interessiert die Leute, jedenfalls hab ich jeden Tag mehr Besucher. Die meisten mögen mich. Vereinzelt schreibt jemand Dreck, was unmittelbare Gruppenschelte nach sich zieht.

Von so einem Fanclub hab ich früher nur geträumt.

Dabei ist es gar nicht so toll, wie ich immer dachte.

Es ist viel anstrengender, als ich dachte.

Einsam.

»Das freut mich, dass du so viele neue Freunde hast«, hat Mama gesagt, bevor sie gefahren sind.

»Ja, wirklich schön«, sagte Papa, der neben ihr stand, stolz auf sein tüchtiges Mädchen, das plötzlich so beliebt bei allen ist.

»Wie geht es eigentlich Jonna?«

»Stimmt, was ist mit Jonna? Ihr habt euch doch nicht gestritten?«

»Quatsch«, sage ich. »Alles gut. Wir hatten einfach keine Zeit, uns zu treffen. Sie hatte viel mit ihrem Fußballtraining um die Ohren und ich mit dem Theater.«

»Ich hab sie gar nicht bei der Premiere gesehen«, sagte Mama.

»Sie war krank. Hat schon seit Ewigkeiten eine Grippe.«

»Da sollte sie aber nicht Fußball spielen, das ist riskant. Da kann man eine Herzmuskelentzündung kriegen.«

»Zuerst hat sie viel Fußball gespielt, dann ist sie krank geworden.«

»Dann trefft ihr euch wieder?«

»Klar.«

»Und deine neuen Freunde?«

Ich erinnere mich nicht mehr, was ich geantwortet habe. Sie umarmten mich, wiederholten noch mal ihre Ermahnungen, gaben mir mehr Geld und versuchten ein letztes Mal, mich zum Mitkommen zu überreden. Schließlich bin ich erst fünfzehn, wie soll ich da alleine drei Tage überleben? Was weiß denn ich. Vielleicht verhungere ich ja, mit dem Risiko müssen sie leben, ich fahre jedenfalls nicht mit.

Sie tragen die Taschen zum Auto. Tindra und Stella winken durch die Heckscheibe. Und weg sind sie.

Sie fahren nicht in die Berge wie viele andere Eltern. Sport gehört nicht zu den favorisierten Freizeitbeschäftigungen in unserer Familie.

Sie fahren nach Simrishamn zu einem Talentwettbewerb für Kiddies. Tindra und Stella wollen rappen, haben wochenlang dafür trainiert. Und ich muss zugeben, sie sind nicht mal schlecht. Was eigentlich egal ist, weil sie meistens gewinnen, weil sie so süß sind.

Was aber auch keine Garantie für ein glückliches Leben ist.

Robin zum Beispiel. Robin hat alles, was man braucht. Alles perfekt.

Und seht euch an, wie es ihm ergangen ist.

Niemand ist sicher. Alle können fallen. Oder aufsteigen. Wie ich.

Ich wähle viermal nacheinander ihre Nummer, lege aber jedes Mal auf, sobald das erste Freizeichen ertönt.

Beim fünften Mal halte ich aus.

Meine Handfläche ist schweißnass, der Hörer ist glatt wie ein Stück Seife.

»Mmh … Äh … Hallo …?«

Ich muss grinsen. Sie antwortet immer, als hätte man sie mitten aus einem Traum gerissen und als könnte sie sich nicht entscheiden, ob sie weiterträumen oder mit einem Wesen aus der Wirklichkeit sprechen will.

»Ich bin's«, sage ich.

Stille. Bis auf die hektischen Atemzüge an meinem Ohr.

»Hab ich dich beim Lesen gestört?«

Keine Antwort.

»Ich lese grad ein supertolles Buch, das dir bestimmt auch gefallen würde«, sage ich so eilig, dass ich über die Worte stolpere.

Noch stillere Stille. Aggressive Stille.

»Es geht um drei Mädchen in unserem Alter, die nachts den Nektar einer geheimnisvollen Blume trinken und sich in Jungs verwandeln«, sage ich noch eiliger. »Magischer Realismus, aber du magst ja mystisch Angehauchtes.«

Ich lache. Höre selbst, wie schrill und gekünstelt das klingt.

»Du bist nicht witzig«, sagt sie und legt auf.

Klick.

Ich starre den Hörer an, kann es nicht glauben. Sie hat einfach aufgelegt!

Ich wähle noch einmal ihre Nummer. Ein Freizeichen.

Zwei. Drei. Ich zittere am ganzen Körper. Vier. Ich kriege kaum Luft. Fünf. Sechs. Die Lungen sind wie zugeschnürt. Sieben. Acht …

Es knistert im Hörer.

»Lass mich in Ruhe!«, schreit sie. »Ich hasse dich! Ich kenne dich nicht mehr wieder. Du bist nicht die Gloria, die ich kenne. Du bist nur noch Hass, Hass, Hass! Kapierst du? Dein Name ist Hass. Du bist so zum Kotzen unreif. Dass man selber niedergemacht wurde, erlaubt einem noch lange nicht, andere niederzumachen. Ich verstehe gut, dass du Robin hasst, hab ihn auch lange Zeit gehasst, aber er bereut wirklich, was er getan hat, und er hat es in seinem Leben auch nicht immer ganz leicht gehabt, aber …«

»Was soll das heißen, er bereut es?«

»Das geht dir doch am Arsch vorbei. Du bist in eine totale Spirale geraten …«

»Was meinst du damit?«

»Einmal Rache reicht dir nicht, oder? Du wirst niemals damit aufhören, oder? Und …«

»Was weißt du von Robin?«

»Und dir geht es nicht nur um Rache, die hast du eigentlich schon gehabt. Du genießt die Macht. Du genießt es, die Despotin zu spielen. Die meisten …«

»Kannst du vielleicht mal meine Fragen beantworten?«

» … haben Schiss vor dir. Was ist das für ein Gefühl, so hass…«

»ANTWORTE ENDLICH, SONST WEISS ICH NICHT, WAS ICH TUE!«

Klick. Tuuut. Tuuut. Tuuut. Es fühlt sich an, als hätte mir jemand ins Ohr gespuckt. Ins Gesicht. Meine Knie werden weich.

Das Telefon klingelt. Ich traue mich nicht, dranzugehen. Ich gehe dran.

»Hast du etwa vergessen, wie es ist, Angst zu haben?«, sagt sie.

»Nein«, antworte ich.

»Scheint aber so.«

»Ich hab nichts vergessen. Wie sollte ich vergessen können, ich habe jede Nacht Albträume.«

»Immer noch?«

»Ja. Und ich ritze mich wieder. Fast jeden Tag. Die ganze Zeit. Da tut es weniger weh.«

»Was tut weniger weh?«

»Dich zu vermissen.«

Darauf sagt sie nichts. Ich auch nicht. Wir atmen in den Hörer, im Takt, nicht im Takt, wieder im Takt.

»Abbe hat einen Job«, sagt sie schließlich.

»Toll«, sage ich.

»Als Hausmeister in einem Hotel.«

»Besser, als arbeitslos zu sein.«

»Ich weiß jetzt auch, wieso er bisher keinen Job gefunden hat.«

»Aha?«

»Seine Mutter ist Zigeunerin. Sein Vater ist zwar Schwede, aber das scheint nichts zu nützen. Er hat geweint, als er mir davon erzählt hat. Ich hab ihn noch nie weinen sehen. Es ist schrecklich, seinen Va…, einen erwachsenen Mann weinen zu sehen.«

Ich lächele. Und kann ihr Lächeln hören. Weil sie Abbe »Va« genannt hat.

Ich weiß, wie lange sie gesucht hat.

Ab und zu habe ich sie auf ihrer Vater-Expedition begleitet, wenn sie durch die Stadt spaziert ist und alle mittelalten Männer beobachtet hat, die einigermaßen nett und vertrauenswürdig aussahen und nicht mit den Pennern rumhingen.

Einmal habe ich einen Typen gesehen, der unglaubliche Ähnlichkeit mit ihr hatte. Die gleichen Augen. Das gleiche Haar. Das gleiche Lächeln. Wir sind ihm eine Weile hinterher, saßen im Bus und sind ihm bis nach Torsång gefolgt, wo er ausgestiegen und zu seiner Frau und seinen drei Kindern gegangen ist. Wir haben sie durch das Küchenfenster beobachtet. Sie haben zusammen Mittag gegessen und gelacht, es schien ihnen gut zu gehen.

Jonna war so enttäuscht, dass sie am liebsten das Haus abgefackelt hätte. Am Ende hat sie sich damit begnügt, in den Garten zu schleichen und einen Haufen Krokusse zu massakrieren.

Hinterher tat es ihr leid. Zumindest die Krokusse.

Ich wollte sie in der Nacht nicht alleine lassen und hab bei ihr übernachtet. Kein Auge hab ich zugemacht, das geht nicht, wenn man auf jemanden aufpasst, der glaubt, seinen Vater gefunden zu haben, um ihn genauso plötzlich wieder zu verlieren.

»Und dann ist Mama auch noch schwanger«, sagt Jonna.

»Morgens ist ihr schlecht und sie mag keinen Kaffee mehr, normalerweise tut sie keinen Schritt vor die Tür, wenn sie nicht mindestens drei Becher Kaffee hatte, und sie fängt wegen jedem Scheiß an zu heulen, wie gestern bei den Nachrichten, wo sie über einen Seehund berichtet haben, der sich verschwommen hat.«

»Seehunde sind supersüß«, sage ich.

»Ja, schade, dass man die nicht als Haustiere halten kann.«

»In der Ostsee sieht man öfter mal welche. Wir müssen uns ein Boot anschaffen!«

Sie lacht. Ich auch.

»Was hast du in den Ferien gemacht?«, fragt sie.

»Nichts Besonderes«, sage ich. »In meinen Blog geschrieben und das Buch gelesen, von dem ich dir erzählt habe. Drei Tage war ich ganz allein zu Hause. Das war echt schön. Und du?«

»Gelesen. Trainiert. Rumgehangen.«

»Rumgehangen?«

»Mmh ...«

»Mit wem?«

»Niemand Besonderem.«

»Daniella? Tess?«

»Das geht dich nichts an!«

»Wieso bist du gleich so sauer?«

»Weil du so tust, als würde ich dir gehören, bloß weil wir mal befreundet waren.«

»Sind wir nicht mehr befreundet?«

»Weiß nicht. Kommt drauf an.«

»Worauf kommt es an?«

»Ich kann mir vorstellen, wieder mit dir befreundet zu sein, wenn du aufhörst, die Herrscherin zu spielen und Leute zu mobben. Und dann must du mit Robin reden, ihr müsst euch gegenseitig verzeihen.«

»Du spinnst ja wohl. Du weißt genau, was er mit mir gemacht hat!«

»Ja, und ich weiß, was du mit ihm gemacht hast. Und eine Menge andere Dinge weiß ich auch. Er hat es mir erzählt. Wenn du das erfährst, verstehst du, wieso er sich dir gegenüber so verhalten hat. Das entschuldigt nicht, was er getan hat, dir und anderen, aber es verändert trotzdem ganz schön viel.«

»Ich kann's nicht fassen. Was redest du da für einen Stuss? Wieso kümmerst du dich plötzlich um ihn?«

»Du wirst einiges verstehen, wenn du …«

»Ich will ihn nicht verstehen! Ich wünsch ihm den Tod!«

»Das ist schade.«

»Was?«

»Es ist schade, dass du das Böse siegen lässt.«

»Was für eine verdammte …«

Klick. Tuuut. Tuuut. Tuuut.

Ich schleudere den Hörer an die Wand und hole die Rasierklinge.

Und ich ritze tiefer als je zuvor. Werde ohnmächtig.

Für einen kurzen Moment ist alles angenehm dunkel. Dann werde ich leider wieder wach.

Ich stehe mit der Clique vor der Matheklasse, als ich die gespannte Stille wahrnehme.

Sie verbreitet sich von einem zum anderen zum nächsten.

Jonna und Robin kommen nebeneinander durch den langen Hauptflur gelaufen. Sie unterhalten sich und lachen. Scheinen nicht zu merken, dass alle sie anstarren. Wirken ganz selbstverständlich.

»Ich glaub's nicht!«, raunt einer.

Sie gehen an mir und der Clique vorbei, ohne uns eines Blickes zu würdigen.

Jonna flüstert Robin was ins Ohr. Er nickt und lacht. Ich bin sicher, dass sie was über mich gesagt hat.

Bin echt beeindruckt von der Nerdbraut und Robin. Ganz schön mutig, direkt vor Glorias Nase. /Shit Pommfritt

Ich stimme für Robin. Also, dass nicht er sondern Gloria die Abstimmung gewinnt. Die Nerdbraut heißt übrigens Jonna. Sie ist ok. /Angel

Wann findet die Krönung statt? /Shit Pommfritt

Welche Krönung??? /Angel

Krönung der SCHULHURE! Der Sieger sollte eine Dornenkrone kriegen! /Shit Pommfritt

Jonna ist eine Hure. /das Blatt

Auf Fb gibt's jetzt Hass die Hure 3. Loggt euch ein und wählt Gefällt mir! /Ass Hole

Seid vorsichtig, was ihr schreibt, hab gehört, die Rektorin weiß von dieser Seite, vielleicht sollten wir wieder weiterziehen. /lady in blue

Ich kann mir nicht vorstellen, dass sie sich traut, diesen Chat auch zu schließen, nachdem was in der Aula passiert ist. Sie will Gerüchte vermeiden. Eine Schule mit angeknackstem Ruf kriegt weniger Schüler und damit weniger Geld. /Teenie-Hexe

Apropos Gerüchte: stimmt es wirklich, dass Ingrid Bräcks Mann sie schlägt? /Milla

Ich glaube schon. /Teenie-Hexe

Dass muss Gloria doch total peinlich sein, dass ihre Ex-beste-Freundin sich mit dem Typen anfreundet (oder was auch immer zwischen denen läuft), der ihr seinen Schwanz in den Mund gesteckt und sich einen blasen lassen hat! Damit sagt Jonna doch, dass sie in Ordnung findet, was Robin gemacht hat. /ein Zeuge

Wenn du danebengestanden und zugesehen hast, ohne einzugreifen, trägst du eine Mitschuld an dem sexuellen Übergriff, und nicht Gloria muss sich schämen, sondern Jonna, die miese Verräterin. Ich finde, sie ist die größte Hure von allen. /AnnaPanna

Ich hab doch nur zugeguckt! /ein Zeuge

NICHT-Handeln ist genauso Handeln wie Handeln. Es ist eine aktive Handlung, sich zu entscheiden, nichts zu tun. /Platon versteht es auch nicht

Mir tut Ingrid leid. Ich finde sie gut. Ich würde ihr gerne einen Apfel schenken, damit sie weiß, dass sie einem was bedeutet. Hoffentlich wird ihr Mann zum Tod verurteilt. /Stolzer Geisteskranker

Nur zur Information: wir haben keine Todesstrafe mehr in Schweden. /Ninna ninna

Du bist echt süß, Stolzer Geisteskranker! /Friedenstaube

Fickt ihr? Gummis nicht vergessen. Gibt's gratis bei der Schulschwester. /Nadel

Jonnas Mutter steht bei SSAB am Fließband, schon klar, wieso sie in so hässlichen Klamotten rumläuft. Bestimmt kann ihre Mutter sich nur H&M und Secondhand leisten. /Sucker for love

Jonna hält sich für was besseres weil sie gute noten hat, man sollte ihr mal ihre grenzen zeigen. /AnnaPanna

Nein, wir ficken nicht. Bloß weil man jemanden mag, muss man doch nicht mit ihm schlafen. /Friedenstaube

Willst du ficken? /Stolzer Geisteskranker

Die Frage kam nicht von mir, da hat jemand anders unter meinem Namen geschrieben, echt, Friedenstaube, ich will nicht ficken, promise. /Stolzer Geisteskranker

Gloria war saumies zu Jonna, kein Wunder, dass Jonna stinksauer auf sie ist. Ich finde Jonna ok, auch wenn das mit Robin schon merkwürdig ist, aber vielleicht hat er sich ja geändert und ist ganz nett, sowas gibt's. /Angel

Warum willst du nicht? Vielleicht bin ich ja echt süß, nie daran gedacht? /Friedenstaube

Weiß irgendjemand, ob die Okkupation stattfindet oder nicht? Ich will an dem Tag nicht in der Schule sein, weil ich keine Anzeige riskieren will, falls die eingreifen müssen, weil ich dann nicht mehr Polizist werden kann. /Freund und Helfer

Ich hab vorgestern eine SMS von einem Kumpel bekommen, der sie von einem Kumpel bekommen hat, der von Okkup@ion wusste, dass sich eine geheime Gruppe zum planen trifft. Kann aber nicht sagen, wie seriös das ist. /Teenie-Hexe

Doch, ich will. Echt. Bitte, verlass mich nicht! /Stolzer Geisteskranker

Ich kann nicht mit jemandem zusammen sein, der nur an Sex denkt. Es ist schluss. /Friedenstaube

Aktueller Stand:
Hass die Hure 1: 297 Likes
Hass die Hure 2: 412 Likes
Hass die Hure 3: 65 Likes
/ein Zeuge

Der Feueralarm geht los, als ich und der Rest der Clique gerade die Lichthalle durchqueren.

Alle um uns herum rennen wie aufgescheuchte Hühner zum nächsten Ausgang.

Wir gehen ganz cool weiter. Weil wir wissen, was Sache ist.

Der Mathelehrer hetzt vorbei, dicht gefolgt vom Chemielehrer. Rote Hektikflecken im Gesicht, Panik im Blick. Was nicht weiter verwunderlich ist, weil es aus allen möglichen Richtungen nach Rauch riecht.

Verteilt angelegte kleine Brandherde, die schnell gelöscht sind, wenn sie ihren Dienst als Schreckensverbreiter getan haben.

Kunst-Fia, Ingrid Bräck und die Handarbeitslehrerin laufen im lächerlichen Entenmarsch zum nächsten Notausgang, über den sie den Schulhof erreichen.

Die meisten Siebt- und Achtklässler folgen den fliehenden Lehrern.

Die Lehrer, die zu ahnen beginnen, dass was nicht stimmt, werden ihrer Schlüssel entledigt und in den nächstbesten Raum eingesperrt.

Ein Junge springt auf einen Tisch in der Lichthalle und brüllt, dass er der Okkupationsanführer ist und alle auf ihn hören müssen. Er wird augenblicklich von drei anderen Jungs vom Tisch gezerrt, von denen einer an seiner Stelle auf den Tisch springt und grölt, dass er der Boss ist.

»Wir protestieren gegen Zensur!«, ruft er.

»Nieder mit der Zensur!«, rufen seine Anhänger.

»Wir protestieren gegen die Schulpflicht!«

»Nieder mit der Schulpflicht!«

»Wir protestieren gegen Noten! Wir werden die Lehrer stattdessen benoten!«

»Jaaa!«

»Verbarrikadiert die Ausgänge!«

»Stürmt das Lehrerzimmer!«

»Stürmt das Sekretariat und das Büro der Rektorin!«

»Stürmt die Küche und die Kantine!«

»Lehrertorten für alle!«

»Gibt's auch was ohne Laktose?«

»Klappe!«

»Was macht ihr denn? Nein! Lasst mich los! Ich hab nichts getan! Lasst mich los!«

Ein Mädchen wird in eine Toilette geschubst. Ein Tisch wird vor die Tür geschoben. Drei, vier Leute klettern auf den Tisch, fangen an zu tanzen.

Durch die Flure laufen verschiedene Gruppen, die alles zu Boden reißen, was nicht niet- und nagelfest ist. Blumentöpfe. Pinnwände. Gardinen. Deckenlampen. Menschen. An verschiedenen Stellen kommt es zu Handgreiflichkeiten und jetzt scheint es wirklich irgendwo zu brennen, ein ganzer Flur füllt sich mit beißendem Rauch.

Wo sind meine Leute abgeblieben?

Ich mache mich auf die Suche. Laufe schneller. Hin und her, hin und her. Ich werde durch die Gegend geschubst. Irgendjemand hämmert an ein Fenster.

Ich sehe die Rektorin auf der anderen Seite. Sie presst die

Nase gegen die Scheibe und schreit etwas, das ich bei dem Lärm nicht verstehe.

Ich laufe weiter, suche, suche.

Begegne anderen, die laufen, suchen, suchen.

Panische Blicke.

Will flüchten, aber wohin?

Alle Ausgänge sind versperrt. Die Panik wächst.

Da, Anton und Filip. Ich versuche, mir einen Weg zu ihnen zu bahnen, kriege aber einen Ellenbogen auf die Nase. Der Schlag ist so hart, dass ich zu Boden gehe. Es fühlt sich an, als wäre meine Nase gebrochen. Blut strömt über meine Lippen und das Kinn.

Plötzlich dröhnt Musik aus unsichtbaren Lautsprechern durch den Flur.

Partytime.

Fucking Partytime.

Ich stehe auf. Ignoriere mein Nasenbluten. Ich befinde mich ganz in der Nähe des Lehrerzimmers. Alle drängen hinein. Ich folge dem Strom. Glaube, Anton und Filip dort gesehen zu haben.

Es ist brechend voll. Alles wird umgerissen, zerstört. Zuerst der Kühlschrank, dann die Kaffeemaschine, Papierblätter fliegen durch die Luft, Porzellan geht zu Bruch.

In einer Ecke auf dem Boden hockt der Vertretungslehrer für Deutsch, den wir letzte Woche hatten. Er weint.

Ich flüchte zurück in die Lichthalle.

Der Okkupationsboss hält Hof, teilt nach links und rechts Befehle aus und kriegt immer mehr Anhänger.

Da entdecke ich Jonna. Sie ist mitten in seiner aufgeputschten Fanschar gelandet, versucht, wegzukommen. Aber sie bilden eine Mauer um sie herum, schubsen sie zwischen sich hin und her.

»Hure! Hure! Hure!«, schreien sie.

Das Schulcafé wird besetzt. Zwei Mädchen tragen die Kasse heraus. Hefeschnecken und Gratisgetränke für alle, solange der Vorrat reicht …

Eine Scheibe zersplittert. Noch eine.

Knirschende Glasscherben unter den Sohlen.

Schnittwunden, Blut, Bluthunde.

»Gloria! Komm her! Glorious Gloria!«

Der Okkupationsboss winkt.

»Sie ist auch eine Hure!«

»Schnappt euch die Hure! Schnappt sie euch!«

»Die Hure soll gekrönt werden!«

»Da ist Robin, die Hure! Schnappt ihn euch! Schnappt euch alle Huren!«

Ich renne los, stolpere, stehe auf, renne.

Atemzüge in meinem Nacken.

Der Rauchgeruch wird immer beißender.

Ich biege in den Rauchflur ein, lasse mich vom Rauch verschlucken.

Meine Augen brennen, mein Hals ist wie Schmirgelpapier.

Robin läuft vorbei. Macht eine Vollbremsung. Biegt in den Rauchflur ein.

Er sieht mich nicht. Läuft an mir vorbei. Seine Schritte verebben.

Aus dem Hauptflur sind Schreie zu hören und Gelächter.

Jonnas Schreie, das Gelächter der anderen.

»SCHULHURE! SCHULHURE! SCHULHURE!«, brüllen sie.

Und da sehe ich sie.

Sie schubsen sie vor sich her, ihre Arme hängen schlaff herunter.

Sie haben sie mit Glasscherben gekrönt. Blut läuft über ihr Gesicht, tropft auf den Boden.

Der Rauch wird dichter. Ich kriege kaum noch Luft. Aber ich traue mich nicht wieder raus auf den Hauptflur. Will nicht auch von ihnen gekrönt werden.

Ich schaue mich um. Wenn ich mich nicht irre, gibt es am Ende des Flurs eine Putzkammer.

Ich gehe auf alle viere und krabbele los. Direkt über dem Boden ist der Rauch nicht ganz so dicht. Aus dem Werkraum, durch den Spalt zwischen Tür und Boden, quillt Rauch. Ich krabbele vorbei. Erreiche die Tür zum Putzraum. Drücke die Klinke runter.

Die Tür ist offen.

Ich schlüpfe hinein. Schließe die Tür hinter mir.

Das ist gar kein Putzraum, in dem ich gelandet bin, sondern eine Art Lüftungsschacht. Ich richte mich auf. Entdecke eine Leiter, die zu einer Luke in der Decke führt. Die Luke ist offen.

Ich höre Geräusche von oben, Schritte.

Robin?

Ich habe die Wahl: Robin oder das Feuer?

Ich wähle Robin.

Durch die Luke gelange ich auf einen Dachboden. Da liegen jede Menge Bretter herum. Bücherstapel. Alte Schultische und kaputte Stühle. Eine weitere Leiter führt aufs Dach.

Ich klettere hoch. Atme ein paar Mal tief durch, als ich heile oben angekommen bin.

Ein Stück entfernt auf dem leicht abschüssigen Dach steht Robin riskant nah an der Kante und schaut auf den Schulhof hinunter.

Er hört mich kommen. Dreht den Kopf und sieht mich an. Seine Augen glänzen, sein Gesicht ist von Tränen verschmiert.

»Bist du jetzt zufrieden?«, schreit er. »Was? Bist du jetzt endlich zufrieden?«

Die Tränen laufen weiter über sein Gesicht. Er setzt sich hin, lässt die Beine über den Dachrand baumeln.

Ich gehe weiter und setze mich ein Stück von ihm entfernt hin.

Aus meiner Nase tropft immer noch Blut.

Lehrer und Schüler stehen in kleinen Gruppen auf dem Schulhof.

Es sind Sirenen zu hören. Noch scheint uns niemand entdeckt zu haben.

»Du hast angefangen«, sage ich. »Das, was du auf der Luciaparty mit mir gemacht hast, war abartig.«

»Aber du warst doch in mich verknallt«, sagt er. »Oder etwa nicht? Du hast mir die Fotos geschickt. Ich dachte, du …«

»Ich wollte deinen Schwanz nicht in den Mund nehmen!«, schreie ich.

»Glaubst du, ich wollte das?«, brüllt er.

Wir starren uns an. Ein Polizeiwagen biegt auf den Schulhof. Noch ein Polizeiwagen. Ein Feuerwehrwagen. Ein Krankenwagen.

»Was willst du damit sagen?«, frage ich.

Er rutscht weiter an den Rand.

»Robin, was …?«

»Ich habe vor, zu springen«, sagt er.

»Nein! Tu das nicht!«

»Verzeih mir, dass ich dir das angetan hab!«

»Robin, spring nicht.«

»Verzeihst du mir?«

»Nur, wenn du nicht springst.«

»Ich will nicht mehr leben.«

»Doch, das willst du.«

»Nein, weil ich … Ich …«

Jonna wird auf einer Trage aus dem Gebäude gebracht. Ich folge ihr mit dem Blick. Passiert das hier wirklich?

Jonna. Jonna. Jonna. Warum?

Der Krankenwagen fährt ab. Jetzt entdeckt uns jemand und zeigt zum Dach.

Ich wische meine Tränen mit dem Pullover ab. Spüre Robins Blick auf mir.

»Es war Großvater«, sagt Robin mit müder Stimme.

»Was?«, sage ich und verstehe nur Bahnhof.

»Er ist ein verfluchtes Monster.«

»Mmh …«

»Du verstehst nicht, wovon ich rede, oder?«

»Nein. Aber ich weiß, dass du nicht sterben willst. Komm!«

Ich reiche ihm meine Hand. Warte.

An die Leser

Ich hatte das Buch gerade fertig geschrieben, als ich in den Nachrichten hörte, dass an einer Oberstufe eine Facebookgruppe *Hass die Hure!* gegründet worden war. Da ist mal wieder die Wirklichkeit der Fiktion zuvorgekommen und übertrifft sie noch.

Das macht mich sehr betroffen.

Der Schulrektor war, genau wie die Rektorin der Schule in meinem Buch (die es tatsächlich gibt, ich habe dort meine Oberstufe absolviert, war eine Streberin, hatte eine beste Freundin und hab mich trotzdem einsam und beschissen gefühlt), sehr aufgebracht. Eine Debatte über Internetmobbing entbrannte. Was können wir tun?, fragten sich die Erwachsenen. Wie können wir unsere Kinder schützen?

Aber sind Erwachsene so viel besser?

Könnte dieses Buch nicht genauso gut an jedem x-beliebigen Arbeitsplatz spielen?

Ich glaube schon.

Überall: Isolierung, kalte Schulter, Getuschel, Auslachen, Schimpfworte, Tritte, Schläge, Hasskommentare im Internet.

Überall: Das kann beendet werden. Und du kannst etwas dazu tun, dass es aufhört, ich, wir.

Nein, ich komme jetzt nicht mit irgendwelchen politisch korrekten Phrasen, von wegen, dass wir die Welt befrieden können, so einfach geht das nämlich nicht. Im Gegenteil, das ist sehr kompliziert. Weil es um Gruppendruck und Ängste geht, um die Sehnsucht, wahrgenommen und gemocht zu werden. Und dann ist die Sache mit der Macht nicht zu unterschätzen – je mehr man davon bekommt, desto mehr will man.

Aber eins will ich doch noch loswerden, ehe ich meinen Laptop für dieses Mal zuklappe:

Bombardiert die Kommentarfelder und Chats mit positiven, netten Äußerungen.

Traut euch!

Johanna Nilsson